AMLETICA LEGGERA

collana diretta da
STEFANO BARTEZZAGHI

WALTER FONTANA
L'UOMO DI MARKETING E LA VARIANTE LIMONE

Con nuova prefazione e postfazione dell'autore

BOMPIANI

www.giunti.it
www.bompiani.it

Progetto grafico
Polystudio

Via Bolognese 165, 50139 Firenze - Italia
Via G.B. Pirelli 30, 20124 Milano - Italia

Pubblicato in accordo con Benedetta Centovalli - Literary Agency, Milano

ISBN 978-88-301-1966-6

Prima edizione a marchio Bompiani: 1995
Prima nuova edizione: aprile 2023

INDICE

Prefazione

Questo scambio di messaggi incrociati ha avuto luogo all'inizio del 2023.

Gentile Walter Fontana,
cosa ne dice se ripubblichiamo *L'uomo di marketing e la variante limone*, libro edito nel 1995?
Saluti,
La Casa Editrice

Gentile Casa Editrice,
perché no?
Cordialità,
WF

Cara Casa Editrice,
ve lo dico io perché no.
Perché dalla pubblicazione sono passati decenni, il mondo è cambiato cento volte e niente invecchia male come le cose divertenti. Sentite questa, è tratta da una raccolta umoristica di gran successo, a suo tempo: "Quando Tiberio era ancora soldato i commilitoni ne storpiavano il nome da Tiberius Claudius

Nero a Biberius Caldius Mero (bevitore del vino caldo e puro)".
È probabile che a *bevitore del vino caldo e puro* la gente soffocasse dalle risate ma stiamo parlando del primo secolo dopo Cristo.
Questo libro poteva suonare comico a orecchie del 1995, ma oggi?
Pensateci.
Il Buonsenso di WF

Gentile Buonsenso,
non vogliamo interferire nelle beghe tra lei e il suo sottoposto.
Tutto invecchia, ma il tempo che passa può svelare dei pregi.
Le raccontiamo una storia. Molti anni fa viveva un uomo particolarmente laido e cattivo. Era violento e infido, considerato disonesto e avido anche nel suo ambiente di lavoro (gli strozzini) e in generale l'uomo più cretino di Pompei. Una mattina percepì nell'aria strani vapori, non ci badò e uscì di casa grugnendo verso una nuova giornata di malefatte.
Se di lui resta una statua tra le più ammirate nei secoli è proprio grazie al tempo, e a una certa quantità di ceneri roventi, che ha trasfigurato il suo originario carattere repellente in un bellissimo reperto. Fatte salve le proporzioni, la stessa cosa può accadere al vostro libro e a voi.
Cordiali saluti,
La Casa Editrice

Cara Casa Editrice,
ne sapete una più del diavolo, la cosa del reperto ci ha convinto.
Diamogli una possibilità, proviamo a rileggerlo. Via col prologo.
B e WF

L'UOMO DI MARKETING E LA VARIANTE LIMONE

All'inizio

C'è stato un momento in cui l'umanità non sapeva di esistere.

Uomini e donne girovagavano tra le piante, i bambini razzolavano insieme agli armadilli. Quando avevano fame coglievano la frutta matura o appioppavano una randellata a qualche animale selvatico di passaggio.

Alcuni prendevano a randellate anche la frutta matura ma dopo si sentivano oscuramente infelici.

Non c'erano case, non c'erano strade. C'era il mondo, questo sì. Un mondo i cui confini erano tracciati nell'animo di ognuno. Oltre il fiume, leopardi dai denti aguzzi: meglio non avvicinarsi. Su quel monte, uomini dallo sbudellamento facile. Anche lì, stare alla larga. Qui ci sono cocchi, ananas, un bel fiume fresco, e tante ragazze dai capelli inanellati.

Qui non è affatto male.

Se ci fermassimo da queste parti finché il clima tiene, diciamo un seicento anni?

Farlo non era facile come dirlo; farlo era molto più facile che dirlo. Esistevano pochissime parole.

Un giorno un gruppo di individui si ritrovò come altre volte in un boschetto a caccia di pigne.

Seguivano un sistema fisso: si coglie una pigna, si mette in bocca intera, si biascica con un certo sforzo finché a linguate non si riesce a scapsulare i pinoli, si rumina qualche minuto con le sopracciglia aggrottate facendo attenzione a non ferirsi le labbra con le scaglie, si mandano giù i pinoli e si sputa a pezzi il torsolo rosicchiato sulla schiena del vicino.

Due minuti di relax fissando nel vuoto e si ricomincia con un'altra pigna.

Va aggiunto di passaggio che questi individui, quando proprio volevano sentirsi parte di un'élite intellettuale, invitavano ai loro dopocena quelli che spiaccicavano la frutta col randello, i quali peraltro trovavano sempre la scusa dell'ultimo momento per non andare.

Quel giorno accadde qualcosa. Un tizio di un'altra tribù si avvicinò al boschetto. Aveva in mano un bastoncino.

Tutti guardarono il tizio.

Consapevole di essere al centro dell'attenzione, il nuovo arrivato colse una pigna e col bastoncino frugò negli interstizi. In pochi attimi raggranellò una bella montagnola di pinoli bianchi, puliti, pronti da mangiare. Senza fatica, senza labbra infiammate, senza scaglie nei denti.

Tutti guardarono il bastoncino.

Il tizio estrasse un catalogo fatto di foglie. Su ogni foglia era disegnato un diverso modello di bastoncino. Rinforzato per le pigne più ostiche. Di legno pregiato per le signore. A punta doppia per fidanzati che vogliono spignolare insieme.

Tutti vollero un bastoncino.

Il tizio raccolse rozze firme sulle foglie d'ordinazione, fece sconti sul prezzo di listino, concordò pagamenti (cento pigne subito e novecento alla consegna), illustrò offerte promozionali (con venti bastoncini, un contapinoli) e promise di tornare presto con la merce.

Lo guardavano allontanarsi carico delle pigne in acconto, quando uno della tribù ebbe un'ispirazione improvvisa. Lo inseguì, gli spaccò la testa con una pietra e gli prese il bastoncino.

Troppo tardi. Era morto un rappresentante ma era nato il marketing: l'umanità continuava a ignorare di esistere ma qualcuno sapeva che esistevano i bisogni. E scoperto un bisogno, trovato un mercato.

Un altro, più robusto, venne dopo il tizio dei bastoncini, e altri ancora.

Entro qualche decennio tutti gli abitanti della valle avevano un bastoncino.

Entro qualche secolo avevano tutti un televisore.

I
Bellobellissimo Lemon Lemon. Una case history

Il lancio di un nuovo prodotto costa all'azienda produttrice molti miliardi.

L'obiettivo è guadagnare molti miliardi.

La banale osservazione "perché non si tengono quei soldi, visto che li hanno già?" è appunto una banale osservazione e la citiamo adesso al puro scopo di non dovercene occupare più.

Le pagine che seguono riassumono le fasi essenziali del lancio di un nuovo detersivo liquido per pavimenti, *BelloBellissimo Lemon Lemon.*

Sono coinvolte due grandi entità. La Hax Corporation, multinazionale del pulito, che produce *BelloBellissimo Lemon Lemon.* E la Coprue & Partners, agenzia di pubblicità, incaricata del lancio.

Tutto parte da una semplice comunicazione interna della Coprue & Partners.

COPRUE & PARTNERS, PUBBLICITÀ E MARKETING
MEMO INTERNO DA: Luigi Dussi (pulizie uffici)
A: Lucia Rampaldi (servizi generali)

Si comunica con la presente che il blocco della colonna rifiuti è causato da un tonno intero di medie dimensioni, incastrato tra il terzo e il quarto piano.

Si deplora l'abitudine di gettare nella colonna rifiuti ingombranti.

Si fa presente che il tonno, benché impagliato, resiste ai tentativi tradizionali di sgombero.

Per liberare la colonna si consiglia quindi di introdurre nel collettore dell'ultimo piano un oggetto di forte peso e ridotte dimensioni e di farlo precipitare come un missile sulla carcassa dell'animale.

Se anche questo tentativo non dovesse andare a buon fine, si consiglia di trasferire la società e di affittare questo palazzo ad altra società prima dell'estate.

Grazie e ricordiamoci che siamo i migliori,

Dussi

COPRUE & PARTNERS, PUBBLICITÀ E MARKETING
MEMO INTERNO DA: Lucia Rampaldi (servizi generali)
A: Vezio Fodio (assistente di Carlo D'Arfoglia Muacchia, presidente, quindicesimo piano)

Fodio, mi faccia un piacere. Cerchi tra la spazzatura del quindicesimo piano la cosa più pesante che trova, e la faccia buttare nel condotto dei rifiuti da un fattorino.

È per la storia del tonno, sa.

Grazie e ricordiamoci che siamo i numeri uno,

Rampaldi

COPRUE & PARTNERS, PUBBLICITÀ E MARKETING
MEMO INTERNO DA: Vezio Fodio (assistente di Carlo D'Arfoglia Muacchia, presidente, quindicesimo piano)
A: Lucia Rampaldi (servizi generali)

Signora Rampaldi, sotto il ficus nell'ufficio di D'Arfoglia Muacchia ho trovato ciò che fa al caso nostro: un librone pieno di polvere, rilegato in cartone duro, evidentemente mai aperto da nessuno. Saranno cinquemila pagine, peso stimato comprese le tarme, trenta chili. Fiondandolo da quindici piani, non saprei dire la potenza sprigionata ma non dovremmo essere lontani dal meteorite che determinò l'estinzione dei dinosauri. Speriamo che basti.

A proposito, come c'è finito un tonno nella colonna dei rifiuti?

Grazie e ricordiamoci che la concorrenza ci fa pena,

Fodio

COPRUE & PARTNERS, PUBBLICITÀ E MARKETING
MEMO INTERNO DA: Lucia Rampaldi (servizi generali)
A: Vezio Fodio (assistente di Carlo D'Arfoglia Muacchia, presidente, quindicesimo piano)

Vezio, grazie della collaborazione. Le mando un fattorino muscoloso per lanciare il proietto. Quanto al tonno, si è appreso che era un oggetto promozionale cellofanato in una rivista di pesca. Un po' come un campioncino di profumo, una spilletta, quei regalini che in genere si buttano.

Infatti qualcuno l'ha buttato.

Grazie e ricordiamoci che la nostra è qualità totale,

Rampaldi

Viene lanciato il bolide in brossura. Precipita nel condotto fischiando, tra il terzo e il quarto piano colpisce con violenza il tonno che molla gli ormeggi, i due oggetti piombano a pianterreno producendo un leggero sisma.

Il boato fa accorrere i carabinieri che redigono un verbale dell'accaduto, e se ne vanno portando con sé tonno, libro e un certo Sterzi, un dirigente di medio calibro, in qualità di rappresentante dell'azienda.

Rilasciato dopo qualche ora, Sterzi finge di dimenticarsi in caserma almeno il libro, e trascinando il grosso pesce si allontana alla ricerca di un taxi. Viene però inseguito e raggiunto da un maresciallo che gli restituisce anche il pesantissimo volume: che non faccia il furbo.

Sul tram che lo riporta alla Coprue & Partners (nessun taxi ha accettato di legare il pesce sul tetto), Sterzi incastra il tonno in verticale tra i sedili come una tavola da surf, e per darsi un contegno sfoglia il volume, il quale ha assorbito bene la botta a parte le tarme in preda a viva agitazione.

Quando mette a fuoco le prime parole, Sterzi non crede ai suoi occhi. Sono poche righe scritte a mano sul frontespizio.

Caro D'Arfoglia Muacchia, certo che ne farai tesoro, ho il piacere di darti una preziosa anteprima.

Stiamo per lanciare un nuovo prodotto. È una bomba. E da voi vogliamo una campagna pubblicitaria bomba. Allegato trovi il documento strategico di presentazione del nuovo prodotto. È in copia unica, riservatissimo. Te la mando in anticipo perché tu cominci a mettere al lavoro da subito i tuoi ragazzi. Ti ricordo che siete i migliori,

Ponzi

Sterzi rilegge la firma: Ponzi.

Guarda la data del documento: un anno prima.

Sterzi guarda fuori dal finestrino le strade intasate di automobili. All'improvviso gli gira la testa.

La sua mente comincia ad annodare fili. E più li annoda, più sente stringere un cappio intorno al collo.

Ponzi è amministratore delegato della Hax Corporation, la multinazionale, il loro più grande cliente.

Sterzi torna a guardare il pacco di fogli.

Questo documento parla di un nuovo prodotto del nostro più grande cliente. Il nostro più grande cliente si fida di noi. Ci vuole affidare il lancio pubblicitario del nuovo prodotto. Ecco perché ci ha mandato questo documento. Un anno fa.

Per un anno questo librone che vale miliardi ha fatto da sostegno al ficus del nostro presidente e da ritrovo per le tarme. Poi è stato usato come proiettile per disincagliare un tonno imbalsamato dal condotto dei rifiuti dell'agenzia di pubblicità di cui se non ricordo male sono un dirigente di un certo peso.

E ora ce l'ho sulle ginocchia con un anno di ritardo.

Su questo tram.

Di fianco a un tonno marcescente.

Sterzi guarda il tonno. Il tonno guarda Sterzi. Non c'è un minuto da perdere.

Sterzi si getta nella lettura del documento.

HAX CORPORATION.
DOCUMENTO STRATEGICO DI PRESENTAZIONE.
(RISERVATO)

BelloBellissimo Lemon Lemon è un nuovo detersivo liquido per pavimenti prodotto dalla *Hax Corporation.*

Come si intuisce dal nome, si tratta di una nuova profumazione (limone) della linea *BelloBellissimo,* che va ad affiancare i già affermati *BelloBellissimo Classic, BelloBellissimo Bosco Pirenaico* (pino silvestre) e il più recente *BelloBellissimo Eden Nasale* (lavanda).

L'opportunità di mercato apertasi per *BelloBellissimo Lemon Lemon* è emersa casualmente in un test condotto per altri fini (lancio di una bibita al limone) su dodici consumatrici di fascia socioeconomica media.

Alla domanda: "A cosa associate il profumo di limone?", il 58,33% ha risposto "al pulito", il 25,00% ha risposto "alla campagna" e solo il 16,66% ha risposto "alle scaloppine al limone".

Nonostante il fatto che questo test sia stato condotto cinquantadue anni fa nell'allora Indocina Francese (oggi Cambogia), e si riferisca quindi a un contesto sociale per molti versi differente dallo scenario attuale del nostro paese, l'azienda ritiene validi i suoi risultati di base.
(Il test ha tra l'altro sollevato l'interesse di alcuni colleghi della nostra sede di Parigi, che intendono lanciare un rossetto al limone fra trentaquattro anni in Belgio.)

L'azienda conferma pertanto valida l'iniziativa di lancio

di *BelloBellissimo Lemon Lemon* e a questo proposito intende promuovere al più presto un primo incontro con l'agenzia per pianificare al meglio la strategia di comunicazione del nuovo prodotto.

Questa è la pagina uno. Seguono tremila pagine di ricerca sul mercato dei detersivi liquidi per i pavimenti, italiani ed esteri. Mille di ricerca sul profilo del consumatore di *BelloBellissimo*. Cinquecento di strategia per il prodotto. Cento di riassunto generale. Dieci di riassuntissimo. Poi c'è l'ultima pagina, ci sono solo due righe, di un chilo l'una, che riassumono tutta la strategia di comunicazione:

– dire che *BelloBellissimo Lemon Lemon* pulisce bene e che sa di limone.

– corollario: dire che sa di limone, oltre che pulisce bene.

Su quest'ultima pagina, in margine, una scritta a matita: *e farne il primo lavapavimenti pour femme, tipo il profumo?*

Sterzi depone il libro.

È ancora seduto sul tram. Intorno a lui, nessuno.

Tutto è buio e silenzioso.

Ha letto le ultime mille pagine alla luce verdolina che promana dal tonno, ormai fosforescente. È arrivato in deposito da chissà quante ore.

Nessuno ha avuto l'ardire di avvicinarsi a disturbare la sua lettura, anche per via del grande pesce che sembra vigilare sulla sua concentrazione.

Sterzi si alza, produce un suono di noci da gomiti e ginocchia.

Si passa una mano sugli occhi. Cerca di spegnere il tonno.

Sente di aver lavorato sodo per la propria azienda, è già proiettato nel domani.

Apre il finestrino, alza lo sguardo sulla targhetta VIETATO SPORGERSI e sorride.

A chi vietato? A un vincente?

Non si può vietare a un manager vincente di sporgersi verso il proprio futuro.

Inspira l'aria della notte, sporge la testa dal finestrino e viene centrato in pieno da un gatto che balza all'interno, come lanciato da una molla. Altri gatti seguono a catapulta e il tram si popola all'istante di code baffi e miagolii.

Mentre i felini circondano di attenzioni il tonno il manager se la svigna con i calzoni a brandelli. Sotto il braccio il librone, nella mente un progetto. Sulla faccia graffi.

2
Entrate nel mondo del lavoro con le mani in alto, non vi sarà fatto alcun male

Durante il giorno la moquette degli uffici assorbe i pensieri segreti dei dipendenti.

Di notte li rilascia nell'atmosfera come fanno le piante con l'anidride carbonica.

Stormi di pensieri frullano nella notte lungo i corridoi vuoti delle grandi aziende.

Un volo cieco di uccelli grigi che sbatte le ali contro i distributori del caffè le porte dei bagni i pannelli alle pareti, risale dalle cavità immobili degli ascensori, vola turbina e si addensa intorno ai luoghi cruciali.

La Sala Riunioni Dove Ebbi La Promozione, la Scrivania Dove Mi Segarono, l'Antibagno Dove Copulammo, l'Ufficio Dove Si Stabilì Il Mio Stipendio.

I rancori si accavallano ai progetti, le folgorazioni alle speranze, ricordi, deliri, elucubrazioni: un rilevatore di onde cerebrali andrebbe in tilt. Se qualcuno si ferma in ufficio a lavorare nel cuore della notte, i pensieri scivolano intorno alla bolla di luce al neon come pipistrelli intorno a un corpo solido e continuano nel buio il loro volo fluido.

All'alba il chiarore che monta dalle finestre dissolve per gradi la frotta rimuginante.

Per le sette e mezzo è tutto svanito, di pensieri non ne è rimasto uno, l'azienda è pronta per un nuovo giorno di lavoro.

È notte alla Coprue & Partners. Dalla moquette sta salendo un vapore impalpabile, è un pensiero che sgranchisce le alucce.

Mentre lavoro, durante il giorno, ho una visione.

Vedo una specie di fax incassato nel muro, una fessura come un bancomat, da cui alla mattina alle nove esce un pezzettino di carta. Una linguetta larga un sette centimetri, che sporge di mezzo millimetro al massimo.

Dopo un po' di tempo, vedo che il mezzo millimetro è diventato un pelino di più. Cos'è che sta uscendo così lento? Un nastro, una benda?

Passa una mezz'ora e adesso vedo che il pezzettino è una striscia di carta bianca, istoriata con inchiostri beige, marroncino, un grigio spento, nero, bianco, filigrana, ecco che adesso appare un numero. È una banconota.

Da questo marchingegno sta uscendo lentissimamente una banconota da centomila lire.

La mia fantasia è questa. Che mentre passo le mie otto ore in questo posto, da qualche parte un orifizio dell'azienda sta secernendo da una parete queste centomila lire per me. La velocità di espulsione è così lenta perché è proporzionale alle otto ore.

Otto ore per 15,6 cm di banconota. Vuol dire circa due centimetri all'ora o più precisamente 0,0000195 km/h.

E allo scoccare delle sei di sera, la banconota fa l'ultimo mezzo millesimo di millimetro, è tutta fuori, è libera, è mia. Io passo, la prendo e me la metto in tasca. E domani ancora. E domani ancora. E così per sempre.

A volte questo pensiero mi viene alle tre del pomeriggio. A

che punto saranno le mie centomila lire a quest'ora, mi domando. Faccio dei calcoli. Tre del pomeriggio vuol dire cinque ore di lavoro, saltiamo l'ora di pausa dell'una, cinque ore per due centimetri vuol dire che a quest'ora sono usciti dieci centimetri di banconota. Vuol dire che a quest'ora si legge fino a LIRE CENTOM, e sotto si legge PAGABILI A VISTA AL P, e sono spuntate per intero sia la firma del Governatore (comparsa verso le undici e venti e completata a mezzogiorno e passa) che quella del Cassiere (sorge intorno alle dodici meno un quarto e si legge interamente prima dell'una).

Le centomila lire le so a memoria.

Il pezzo più bello inizia verso le tre e mezza. Appare il primo ciuffo di capelli del Caravaggio, pittore di cui non so niente. Entro le quattro e un quarto ecco che è spuntato l'occhio destro. Baffi, barbetta, il collo della camicia. Alle cinque c'è tutta la faccia e si legge sotto CAR e più in piccolo il primo degli altri due nomi a me cari: SAVINI INV. L'altro nome è CIONINI INC. ma sarà leggibile per intero non prima delle sei meno un quarto e a quell'ora ho già la testa via.

Un momento davvero duro è alla mattina, le dieci meno un quarto. Lì ti rendi conto di come a quell'ora sia venuto fuori solo un centimetro, si vede del bianco, un po' del numero grande, l'uno e uno zero, la righetta trasversale scritta in piccolissimo DECRETO MINISTERIALE I SETTEMBRE 1983, ti rendi conto di come tutto sia lontano. C'è tutta una vita davanti a te e non sai se hai troppa voglia di viverla.

Centomila lire al giorno per un mese fa tre milioni e cento al mese, ho rivelato quanto guadagno. Ai colleghi non lo direi mai, ma qui.

3
Bellobellissimo Lemon Lemon.
Una case history

La Coprue & Partners, agenzia di pubblicità, è in moto frenetico. Il ritardo di un anno pare meno grave del previsto (una rapida verifica con la Hax Corporation, multinazionale del pulito, ha accertato che anche la grande azienda produttrice di *BelloBellissimo Lemon Lemon* ha dimenticato per un eguale periodo il documento di presentazione del prodotto sotto un calorifero gocciolante) ma Sterzi, nominato sul campo capo del Progetto Pavimentus (nome in codice), ha messo in allarme tutti i reparti dell'agenzia. Si passa all'esame la concorrenza.

STATUS DELLA CONCORRENZA DI BELLOBELLISSIMO LEMON LEMON
DETERSIVI LIQUIDI APC (All Purpose Cleaner)

PaviSano: incontrastato leader di mercato negli anni Sessanta, è rimasto fermo alla vecchia promessa: "igiene per la famiglia". Lento declino negli anni, aggredito da una concorrenza sempre più numerosa. Intorno al prodotto si percepisce oggi un certo alone di vecchio reazionarismo a causa di un claim immutato da sempre ("Piazza pulita in casa"), e di una frase, rimasta proverbiale, dell'allora prefetto Tracchione contro gli studenti del '68: "Contro questi rivoltosi ci vorrebbe il PaviSano". Attualmente il prodotto vivacchia ai margini del mercato, come un colonnello in pensione.

Varianti profumate: nessuna.

Piastrellapiù: leader attuale del mercato (45%). Ha guadagnato il grosso del suo vantaggio una decina d'anni fa grazie alla promessa: "niente risciacquo, più tempo per i tuoi coiti". Dopo un calo momentaneo della quota di mercato (una parte di consumatori preferiva passare il tempo a risciacquare il pavimento), l'aggiustamento della promessa in: "niente risciacquo, più tempo per... i tuoi desideri" (i puntini di sospensione li ha consigliati il sociologo Semolini e sono costati dieci miliardi, cioè 3,3 miliardi a puntino) ha fatto recuperare le posizioni di preminenza.

Claim attuale: "Due mani libere, figurarsi il resto".

Varianti profumate: *Piastrellapiù Vento Sensuale* (aroma: muschio), *Piastrellapiù Obsession* (aroma: spezie orientali), *Piastrellapiù Private Secrets* (aroma: calciatori dopo i supplementari).

Lucido & Fattivo: nuovo prodotto (due anni dal lancio) attestatosi su ottime quote di mercato (25%). Contiene Scivolina, un componente esclusivo che facilita lo scorrimento dello strofinaccio, il che ha dato origine all'intelligente promessa: "il detergente che ti fa fare più strada sul pavimento e nella vita". La comunicazione insiste sugli aspetti sociali di questa promessa presentando *Lucido & Fattivo* come assistente alla carriera di uomini e donne impegnatissimi nel lavoro che però non dimenticano il loro privato e nel privato si include il pavimento. Successo immediato.

Claim attuale: "Come un portavoce, più di un portavoce".

Varianti profumate: *Lucido & Fattivo Reddito Invidiabile* (aroma: banconote appena emesse), *Lucido & Fattivo Avanzamento Sociale* (aroma: seconda casa), e soprattutto il recente *Lucido & Fattivo Compliments* (aroma: dopobarba del tuo capo) che ha ottenuto uno straordinario impatto sul mercato anche perché realmente personalizzabile a seconda del dopobarba.

Altre: tra le numerose marche minori (complessivamente il 25% circa di mercato) si segnala il posizionamento originale di *Brillo-Air,* detersivo liquido con essenze balsamiche che promette: "pulito in casa e nei tuoi bronchi". La profumazione *Brillo-Air Medico Curante* può essere usata per lavare il pavimento (3 tappi ogni 10 l d'acqua) o essere inalata con aerosol (1 tappo puro a fine pasto).

E *BelloBellissimo*? L'aroma *Classic* (ammoniaca + una goccia di Chanel) è tradizionalmente forte in due fasce di consumatori: la Famiglia Numerosa Straziata Dalla Povertà e L'Anziano Abbandonato Da Tutti.

Le più recenti profumazioni *EdenNasale* e *Bosco Pirenaico* hanno avuto successo presso carceri, ospedali, orfanotrofi, enti assistenziali in genere.

Dal documento che presenta il nuovo *BelloBellissimo Lemon Lemon*, emerge a sorpresa che ora la Hax Corporation punta a conquistare grandi famiglie, grandi signore, teste coronate, opinion leader, capi di stato e nobili.

"*Con BelloBellissimo Lemon Lemon?*"

"Mi pare vecchiotta come profumazione, non ha molto glamour."

Intorno a un tavolo di riunione si alzano le voci.

"Gli altri lavapavimenti hanno aromi di dopobarba, banconote, calciatori. Altroché lemon."

"Però attenzione. Può essere la carta vincente. Cioè, gli altri si buttano sulle profumazioni strane. Noi stiamo sul classicissimo ma rivisitato, vincente, seconda repubblica. Noi non diciamo: *BelloBellissimo* profuma il tuo pavimento di che ne so, di bambù coreano (risata), noi diciamo: '*BelloBellissimo* prima di tutto pulisce bene il tuo pavimento e poi ti dà il profumo più buono e classico che ci sia, il limone, quello della nonna'."

"Ah be', giusto anche questo."

Su questa base inizia il lavoro creativo. Si sgrossano le idee, si presentano avvisaglie di abbozzi di frammenti di filoni, se ne discuterà, a grandi linee, in linea di massima, in massima informalità, in un incontro preliminare con quelli della Hax Corporation, fissato per un giovedì pomeriggio alle sei. Non si poteva fare venerdì mattina? Meglio guadagnare tempo.

4
Entrate nel mondo del lavoro con le mani in alto, non vi sarà fatto alcun male

Cambierei vita se ne avessi una. Da dare in cambio, da barattare, eventualmente da permutare aggiungendoci qualcosa.

5
Bellobellissimo Lemon Lemon.
Una case history

Dialogo tra due dipendenti della Coprue & Partners, agenzia di pubblicità. Uno passa il brief, l'altro riceve il brief.

ACCOUNT: Allora, diciamo questo: bisogna dare enfasi uno al fatto che *BelloBellissimo* pulisce bene.

COPY: Sì.

ACCOUNT: E enfasi due al fatto che sa di limone.

COPY: Sì.

ACCOUNT: Però la richiesta del cliente è che, mentre dici che pulisce bene, devi far capire subito che sa di limone.

COPY: Sì.

ACCOUNT: E molto importante questo fatto del limone, anche se devi dire che pulisce bene. *Todo claro*?

COPY: Sì. Però non ho capito un dettaglio. Come cosa più importante, bisogna dire che questo detersivo pulisce bene o che sa di limone?

ACCOUNT: Mmmmmmmm, è vero che è un detersivo, ma direi, per assurdo, che in percentuale vedo un sessanta e quaranta. Cioè: importanza sessanta al fatto che sa di limone e importanza quaranta al fatto che pulisce bene. Anche perché più o meno, ormai, pulire puliscono tutti alla stessa maniera. È il limone la cosa che differenzia.

COPY: Quindi una cosa tipo "il limone col detersivo dentro"?

ACCOUNT: È molto buono, sì. Però mettere prima la parola "limone" può generare un misunderstanding nel consumatore. Magari uno sente solo la prima parte della comunicazione, sente "limone", e pensa subito, non so, a una bibita al limone.

COPY: Be', certo.

ACCOUNT: Bisogna stressare anche il discorso detersivo.

COPY: E come?

ACCOUNT: Adesso non saprei, non voglio importi una soluzione troppo razionale, sei tu il creativo.

COPY: "Il detersivo col limone dentro"?

ACCOUNT: È molto buono, anche questo. Però se diciamo subito "detersivo", sembra che il prodotto magari non abbia profumo. Non si enfatizza abbastanza la qualità profumante, che poi è quello che il cliente vuol vendere.

COPY: Be', certo.

E così per ore.

6
Cosa fai all'una, mangiamo qualcosa insieme?

Tavolini del *Flirt Bar*. Uomini con la cravatta buttata oltre la spalla per non intingerla nell'olio delle insalatone. Donne in tweed e calze colorate. Sembra che un'autorità superiore abbia imposto loro di acquistare i vestiti tutti nello stesso negozio. Hanno l'aria di persone che si sbrigano a digerire.

"È uno che si rimangia le frasi prima di averle finite. Guarda, un'abilità diabolica."
"Fortissimo."
"Sai cosa fa con la videocamera?"
"No."
"Me l'ha detto lui in persona."
"Ma siete intimi?"
"No, me l'ha detto in ascensore. Però sono quei momenti che avvicinano al di là del lavoro."
"E cosa fa con la videocamera?"
"Schiaccia le mosche tra due vetrini e riguarda il tutto al rallentatore."
"Fortissimo."
"È una passione, cinica se vuoi, ma io trovo che abbia un suo

carattere. Mi piace, sono contento che sia il nostro amministratore delegato. È il nostro capo. Mi piace. Voglio piacergli. Appena trovo una mosca gliela regalo."

7
Bellobellissimo Lemon Lemon. Una case history

Il gruppo di lavoro della Coprue & Partners, agenzia di pubblicità, sul Progetto Pavimentus (nome in codice), propone alla Hax Corporation, multinazionale del pulito, i seguenti concetti strategici, ognuno sul suo *concept board* (pronuncia generalizzata cònsebbor, una tavola con illustrazioni che spiegano visivamente il concetto).

"BelloBellissimo è il lavapavimenti che unisce gli opposti."
Illustrazione: Babbo Natale e Hitler che lavano un pavimento insieme.

"BelloBellissimo è il lavapavimenti che ti sorride."
Illustrazione: un pavimento con piastrelle come denti che ridono.

"BelloBellissimo è il lavapavimenti che libera l'uomo delle pulizie che c'è in te, anche se sei uno che conta."
Illustrazione: il papa con lo spazzolone in mano.

"BelloBellissimo è il lavapavimenti dell'anticonformista umorale."
Illustrazione: un anticonformista umorale.

"E il limone? Non si parla della profumazione limone?" chiede uno della Hax Corporation.

"Ma questi sono abbozzi, tanto per capire che direzione prendere" risponde uno della Coprue & Partners. "Una volta scelta la strada creativa, si mette il limone."

"Capisco. Ok, mi pare che come primo step ci siamo, ora dobbiamo discuterne tra noi in Hax."

Ma in Hax ogni discussione sulla strada creativa viene fermata perché sorge qualche difficoltà nella produzione di *BelloBellissimo Lemon Lemon.* L'ufficio tecnico informa che il profumante fondamentale, quello che dà il caratteristico aroma pulito-limone, è un composto chimico in commercio libero solo presso alcuni paesi asiatici.

In tutto il resto del mondo è considerato un gas velenoso e viene trattato solo dalle forze armate.

Rapido giro di telefonate e la talpa della Hax che sonnecchia al ministero della Sanità comunica all'azienda che l'uso di tale gas può essere comunque consentito per legge, a patto di informare i consumatori.

L'ufficio legale dell'azienda prende atto e consiglia di apporre sulla confezione di *BelloBellissimo Lemon Lemon* la dicitura "contenente una piccola dose di gas mortale".

Vengono così stampate venti milioni di etichette ma all'ultimo momento il responsabile del prodotto, dopo lo svenimento della moglie davanti al campione che le ha portato a casa per prova, ci ripensa.

Suggerisce di sostituire la dicitura "gas mortale" con una formula ugualmente esplicita ma meno drammatica e propone "un profumo che è la fine del mondo".

Dopo una settimana di brain storming che coinvolge seicento dipendenti viene scelto un più generico "un profumo che ti resta dentro". L'ufficio legale approva quest'ultima frase purché si aggiunga "per sempre".

8
Cosa fai all'una, mangiamo qualcosa insieme?

"Io non invidio nessuno. Sono in una posizione ottima, sono più giovane di un sacco di altra gente. Eppure c'è una cosa che veramente mi piacerebbe fare. Sai cosa sognerei di fare in alternativa, ma davvero, cosa mi piacerebbe essere se non fossi io?"

"No."

"Non indovineresti mai. Prova."

"Prova cosa."

"Prova a indovinare. Tanto non ce la fai."

"Non lo so."

"Di' un nome, una funzione."

"Ma non lo so."

"Un nome a caso."

"Lee Iacocca."

"Lee Iacocca? Stai scherzando."

"Infatti, dicevo così perché hai insistito. Dimmelo tu cosa vorresti essere."

"Ti arrendi?"

"Sì."

"Di' mi arrendo."

"Mi arrendo."

"Ottimo. Allora te lo dico io quello che vorrei veramente fare. Io sogno di essere trecentoquaranta litri di latte e caglio."

"Latte e caglio?"

"Sì, latte e caglio di primissima scelta. E dopo essere stato pastorizzato secondo le antiche regole, vorrei essere versato in una forma rotonda di legno dove in capo a un annetto sarei timbrato come autentico parmigiano-reggiano. Timbrato, capisci? Perché è un prodotto di qualità. Io vivo per la qualità. Essere un prodotto di qualità superiore riconosciuta e sottolineo riconosciuta. Questo trovo che sia il massimo. Tu ti trovi bene nella tua azienda?"

"Non c'è male."

"Dicono che ci sono diciamo, fighe."

"Be', sì, qualcuna."

"Parecchie fighe."

9
Bellobellissimo Lemon Lemon. Una case history

La Hax Corporation è una grande multinazionale. Ha assunto i suoi top manager col criterio della "catastrofe superata", un sistema di selezione in largo uso negli Stati Uniti.

Un esempio ottimo di questo criterio è stato offerto dalla Nasa in occasione delle missioni lunari.

Gli astronauti furono scelti in base alle situazioni critiche che avevano vissuto nel corso della loro carriera. Neil Armstrong fu abbattuto due volte nella guerra di Corea quando era pilota militare. Paracadutato in zona nemica, riuscì sempre a cavarsela da solo. Questo garantiva abilità, nervi saldi, capacità di reazione. Anche per questo fu selezionato per diventare il primo uomo sulla Luna.

La Hax applica lo stesso principio nella scelta degli uomini di punta. Assume solo manager che abbiano attraversato fallimenti, catastrofi societarie, periodi di vendita disastrosi.

I cacciatori di teste della Hax seguono con attenzione le grandi aziende concorrenti.

Quando una di loro comincia a perdere colpi i cacciatori di teste si informano sui suoi dirigenti, e più li sanno affondati nei debiti, nei guai giudiziari, negli insuccessi, più li corteggiano. "Si sono ficcati in un mare di letame" e "Non lasciamoceli scappare" sono le frasi che girano ai piani alti della Hax in queste circostanze.

Quando la concorrente va definitivamente in rovina, la Hax rompe gli indugi e assume in blocco tutti i protagonisti del tracollo.

10
Cosa fai all'una, mangiamo qualcosa insieme?

"Allora sono: un caffè decaffeinato, un tè deteinato, una birra senza alcol, una di quelle paste senza glutine, un pompelmo senza zucchero e un cappuccino senza schiuma. Tu Gloria?"

"Un bicchiere d'acqua. Senza bolle."

"A livello molecolare, l'idrogeno nell'acqua lo lasciamo o vuoi che ti tolgano anche quello?"

"Ah ah."

"Dai, scherzo, siamo tutti delle seghe."

"Nessuno che mangi, nessuno che beva. Cosa darei per qualcosa di sanamente nocivo."

"Non ti basta la vita che fai?"

"Sposta la borsa, c'è il cameriere con la roba."

"Per chi è il prosciutto senza grassi?"

"Per me, se no stanotte non dormo."

"Ah ah."

"Dai, scherzo."

11

Entrate nel mondo del lavoro con le mani in alto, non vi sarà fatto alcun male

È notte.

Abitualmente vivo a circa quaranta metri dal suolo. Non sono una scimmia arboricola. Tuttavia trascorro gran parte della mia esistenza tra i trenta e i quaranta metri sul livello del suolo. Tuttavia non sono una scimmia arboricola né uno di quei piccoli mammiferi, roditori per lo più, che sfuggono ai predatori facendo il nido nel tronco degli alberi più alti.

Io lavoro al dodicesimo piano. Ecco spiegato il mistero. Vivo a quaranta metri dal suolo perché il mio ufficio è al dodicesimo piano. Spesso scendo fino al settimo ma risalgo sempre al dodicesimo. Non sono un impiegato. Non sono un dirigente. So esattamente cosa non sono. Sarei un quadro, ma ha senso? Il mio ufficio è molto in alto sui tetti della città.

So che se svanisse improvvisamente il palazzo sotto di me, dai quaranta metri scenderei a zero con una velocità sufficiente a sfracellarmi sull'asfalto. Ma per la maggior parte del tempo questo pensiero non mi preoccupa e passo serenamente le mie giornate nel mio ufficio così in alto.

Il mio lavoro consiste nell'elaborazione di dati dei quali ho una conoscenza parziale. Questi dati dovrebbero servirmi tra l'altro a stimolare il lavoro degli altri. Sviluppo risorse umane, cose di questo genere. Odio tutti.

12
Bellobellissimo Lemon Lemon. Una case history

Il posizionamento di un prodotto sul mercato è un'operazione di marketing molto importante. Consiste nel dare al prodotto una posizione speciale sulla scacchiera dove la concorrenza ha già schierato i suoi pezzi.

Il posizionamento non è una frase pubblicitaria. È la definizione razionale e univoca del prodotto, è il modo in cui l'azienda si aspetta che il prodotto venga realmente percepito dai consumatori, ora e per sempre.

"La benzina che dà potenza" è il posizionamento scelto per la Esso decenni fa, "metti un tigre nel motore" è stata la conseguente comunicazione pubblicitaria. Con gli anni la frase è sparita ma la tigre è rimasta, il posizionamento è sempre quello.

Secondo alcuni consulenti della Hax Corporation, multinazionale del pulito, il primo posizionamento trovato per *BelloBellissimo Lemon Lemon* si presta ad ambiguità. "Il prodotto che fa pulizia dentro e fuori di te" per dire che pulisce, profuma e ti fa sentire a posto con la tua casa e la tua voglia di pulito.

"Sì ma quel 'pulizia dentro e fuori di te' può sembrare simile al posizionamento della religione" dice uno.

"O di un clistere" osserva Ponzi e siccome è il capo, ridono anche i cattolici.

Si decide comunque di cambiare.

Viene convocato da Parigi Jean Luc Plagueade, il mago del posizionamento.

In questo periodo Jean Luc Plagueade gode di grande popolarità in Italia per aver appena inventato un nome e un posizionamento geniali per una merendina farcita che come caratteristiche intrinseche si presentava identica a tutte le concorrenti.

Il nome che Plagueade ha creato per questa merendina è *Fior di Tristezza.*

Il posizionamento è "Il coltello nella piaga".

Fior di Tristezza è la merenda di quando il tuo cantante scende in classifica, il tuo eroe dello sport è fuori per droga, e il tuo presentatore tv è dentro per lo stesso motivo.

Mangi *Fior di Tristezza* ed è esattamente il sapore che ti aspettavi in un momento simile, l'aroma del fallimento, il gusto di toccare il fondo, il tuo *ci mancava anche questa.*

Quando sei contento mangia pure la solita merendina, ma per crogiolarti appieno nei gorghi di un momento infame c'è solo *Fior di Tristezza.*

Sembrava un azzardo e invece la mesta tortina (frase di lancio: "Nutri rancore!") ha trovato un preciso segmento di consumatori e non li ha risparmiati: il Bambino Di Ritorno e l'Adulto Devastato.

Jean Luc Plagueade studia la mappa di tutti i lavapavimenti sul mercato, guarda le ricerche, passa lo spazzolone nell'ufficio dell'amministratore delegato, consegna la parcella (500.000 FF) e alla fine emette la sentenza.

Il nuovo posizionamento di *BelloBellissimo Lemon Lemon* è: "Il lavapavimenti che oltre a pulire dà un profumo di limone".

Alla Hax Corporation si brinda.

"Ottimo."

"La strada è quella."

"Una bomba."

"L'agenzia ci deve fare una campagna da spaccare il culo ai passeri."

"Ho sentito che se ne stanno interessando anche i grandi capi."

13
Entrate nel mondo del lavoro con le mani in alto, non vi sarà fatto alcun male

L'uomo di marketing si sente come un piede dopo ventiquattro ore di adidas torsion. Ha la testa gonfia di numeri, frasi e umori pestilenziali. Ne parlo in terza persona perché è come se mi vedessi dalla finestra di fronte con un cannocchiale, ma sono io l'uomo di marketing.

Sono ingorgato di carte, caffè, diagrammi, prodotti col loro prezzo. Scatolette con gli artigli per squartare il ventre della concorrenza, zero virgola, schermate del computer.

Tutto interessante, tutto inutile.

L'uomo di marketing appoggia la testa contro una superficie qualsiasi. Visto dal cannocchiale sembra uno che ha avuto una notizia importante durante il giorno e adesso che è sera non se la ricorda più.

C'è un uomo in ogni uomo di marketing?

Intendo dire, milioni di anni fa è partito dallo stesso ceppo degli altri esseri umani o proprio nasce da una specie a parte?

Forse è esistita una scimmia di marketing da cui derivo io. Dico ai colleghi: risparmio energie, volevo fare il jazzista. Vado a casa e suono il jazz in un modo schifoso. Mi avrebbero fischiato anche i cani.

Quello che veramente voglio fare è: stare seduto davanti alla tv a sgranocchiare caramelle senza zucchero, una dopo l'altra, sentire che si attaccano tutte insieme in un grumo sui molari di sopra. E poi staccarle con un colpo secco dei molari di sotto. Questo è il mio ideale. Oppure fare l'ospite in tv per sempre, vivere il resto della vita in uno dei programmi della fascia pomeridiana che sono i più facili, un programma contenitore dove non devi fare niente. L'unica cosa che spero è che non mi diano mai il microfono, perché poi non c'è niente di più triste dell'ospite che ha finito di parlare e il conduttore si allontana e dice passiamo ad altro.

14
Bellobellissimo Lemon Lemon. Una case history

Scambio di messaggi tra altissimi dirigenti. Ponzi è presidente della filiale italiana Hax Corporation, multinazionale del pulito. D'Arfoglia Muacchia è il presidente del Gruppo Coprue & Partners, agenzia di pubblicità.

FROM: D'Arfoglia Muacchia
TO: Ponzi
PAGINE COMPRESA LA PRESENTE: 1

Caro Ponzi,
l'amicizia che ci lega mi consente di mandarti queste due righe di fax a titolo personale, al di fuori dei documenti aziendali.

Ieri ho passato in rassegna i lavori più importanti che abbiamo in corso in questa fase e ho letto con profonda attenzione la strategia del Progetto Pavimentus (ottimo nome in codice). È una bomba, complimenti.

So che i miei creativi stanno già lavorando ma oggi li ho voluti spronare ulteriormente io stesso con un pungolo elettrico per il bestiame. Restano solo alcuni particolari da chiarire: ad esempio, cos'è il prodotto?

Saluti a Miriam. Tuo,

D'Arfoglia Muacchia

FROM: Ponzi
TO: D'Arfoglia Muacchia
PAGINE COMPRESA LA PRESENTE: 1

Caro D'Arfoglia Muacchia,

quando un'operazione di marketing ha un nome in codice, un certo grado di riservatezza è normale. Anche Debroché e Hajzek sono d'accordo: cos'è il prodotto non te lo posso dire. Però visto che siamo amici ti mando una sua foto. Te la spedisco tramite un fattorino: per sicurezza, non aprire la busta in sua presenza. Saluti a Miriam anche da parte mia. Ciao

Ponzi

FROM: D'Arfoglia Muacchia
TO: Ponzi
PAGINE COMPRESA LA PRESENTE: 1

Caro Ponzi,

ho ricevuto la busta in mattinata. Sbadatamente l'ho aperta alla presenza del fattorino per cui ho dovuto neutralizzarlo offrendogli un caffè della macchinetta, quello che annulla la memoria e blocca progressivamente i centri della parola. Quanto alla foto è molto bella. Si vedono Debroché e Hajzek che ballano su un terrazzo di fronte alla Senna come fidanzatini. Oltre a questo, nient'altro. Se c'è anche il prodotto, non l'ho visto. Com'è la faccenda?

Un abbraccio. Tuo,

D'Arfoglia Muacchia

P.S. Miriam è uscita presto stamattina e non ho fatto in tempo a darle il bacio del buongiorno. Dalle tu quello della buonanotte da parte mia.

FROM: Ponzi
TO: D'Arfoglia Muacchia
PAGINE COMPRESA LA PRESENTE: I

Caro D'Arfoglia Muacchia,

la tua assoluta mancanza di cervello potrà sembrare normale nell'agenzia di pubblicità che presiedi, ma non finisce di sbalordire me e l'azienda per cui lavoro. Nella foto, Debroché e Hajzek *non stanno ballando.*

Sono su un terrazzo, è vero, e stanno compiendo il medesimo gesto come forse due danzatori con l'ernia potrebbero fare, è vero. Ma il fatto che stiano indicando i quattro bottiglioni di plastica verdolina in primo piano avrebbe dovuto suggerirti qualcosa.

Da' un'occhiata all'etichetta dei bottiglioni. E richiamami.

Ponzi

P.S. Miriam ha lasciato a casa mia un beauty contenente capi di biancheria maschile. Se appartengono a te, ti prego di mandare qualcuno a rimuoverli.

FROM: D'Arfoglia Muacchia
TO: Ponzi
PAGINE COMPRESA LA PRESENTE: 1+1 tramezzino scamorza brie taleggio emmental

Caro Ponzi,

BelloBellissimo! Scusami, non c'ero arrivato subito perché *BelloBellissimo* è un prodotto che esiste già e, non avendo letto attentamente l'etichetta, non avevo capito che si tratta del nuovo *BelloBellissimo al limone* (idea geniale).

Avevo semplicemente creduto che Debroché e Hajzek, dopo aver ballato, si preparassero a lavare il terrazzo. Magari sai, il fango, la cacca del cane, chissà, a Parigi sono così strani.

Ho riletto tutta la strategia e mi sembra tutto chiaro. Se non ho capito qualche concetto, non spiegarmelo, lasciami nell'ignoranza. Credo sì nelle ferree leggi del marketing, ma anche nella scintilla creativa che scocca nel buio.

D'Arfoglia Muacchia

P.S. Ho contato le mie mutande, non ne manca alcuna. Non so quindi a chi appartenga la biancheria che dici di aver ritrovato in casa. In compenso Miriam ha lasciato a casa mia mezzo panino ai quattro formaggi, dello stesso identico tipo che sei solito inghiottire in un colpo solo nella pausa dell'una. Te lo rispedisco via fax.

MITT.: Ponzi
DEST.: D'Arfoglia Muacchia
VETTORE: CityVrooom – Consegne in tutta la città

Caro D'Arfoglia Muacchia,

avendo il fax intasato di formaggi assortiti grazie al tuo intelligente esperimento, sono costretto a mandarti questa mia con un pony express (il fattorino dell'altra volta è ancora in rianimazione). Tutto sommato, rivedendo per intero il rapporto tra le nostre due aziende e pensando soprattutto all'espressione smarrita che fai quando ti si dice una frase più complessa di "com'era il branzino?" sto pensando di cambiare agenzia.

Puoi tenerti la parte del budget inutilizzato, e anche Miriam. Senza rancore,

Ponzi

P.S. Se puoi tenerti anche il resto del panino mi fai una cortesia.

FAX FROM: D'Arfoglia Muacchia
TO: Ponzi
PAGINE COMPRESA LA PRESENTE: 2

Carissimo Ponzi, la tua idea di cambiare agenzia mi fa sorridere. A dimostrazione che la nostra efficienza dura da lunghissima pezza, mi sono fatto dare dai miei collaboratori una ricerca sul target di eccezionale interesse. Te la invio.

È il quadro completo di come i consumatori italiani hanno visto la linea *BelloBellissimo* nel tempo (*Classic*, *Eden Nasale*, *Bosco Pirenaico*). Vengono comparate quattro ricerche, svolte in diversi decenni su gruppi socialmente omogenei.

Negli anni '60 (boom economico, consumismo, contestazione) abbiamo avuto queste risposte:

Se fosse:	*BelloBellissimo* sarebbe:
un animale	un tordo
un alimento	un tordo (cotto)
un personaggio storico	Nino Bixio
un colore	il color marrone-tordo

Anni '70 (crisi petrolifera, lotte sociali, conflittualità):

Se fosse:	*BelloBellissimo* sarebbe:
un animale	una balena
un alimento	la fesa di tacchino
un personaggio storico	Gengis Khan
un colore	il rosso

Anni '80 (edonismo, trionfo dell'apparenza, espansione finanziaria):

Se fosse:	*BelloBellissimo* sarebbe:
un animale	una pulce
un alimento	il panforte
un personaggio storico	De Gasperi
un colore	il verde

Anni '90 (consapevolezza, crisi economica, impegno sociale):

Se fosse:	*BelloBellissimo* sarebbe:
un animale	un pony
un alimento	gli spinaci al burro
un personaggio storico	Topolino
un colore	il color marrone-tordo*

* È particolarmente significativo che questo dato si ripeta a distanza di tanti anni, non è vero? Questo testimonia che i miliardi investiti nella costruzione di una solida immagine di prodotto hanno consentito di costruire una solida immagine di prodotto. Non per ripetermi, ma se vuoi costruire una solida immagine di prodotto, ti consiglio di continuare a usufruire dei nostri servigi creativi e strategici.

Un saluto

D'Arfoglia Muacchia

FAX FROM: Ponzi
TO: D'Arfoglia Muacchia
PAGINE COMPRESA LA PRESENTE: 1 + 1 diagramma del corpo umano

Caro D'Arfoglia Muacchia,

ti invio un diagramma del corpo umano con indicato in inchiostro fluorescente l'orifizio in cui ti puoi riporre la ricerca sul target.

Saluti,

Ponzi

15
Bellobellissimo Lemon Lemon. Una case history

Alla Coprue & Partners scatta l'allarme rosso. Il cliente minaccia di andarsene! Proprio in occasione del lancio di un nuovo prodotto! La campagna! Salvarla a qualunque costo! *Bello-Bellissimo Lemon Lemon*!

Si grida nei corridoi, tutti i reparti vengono messi alla stanga. La parola d'ordine è fatevi venire in mente qualsiasi cosa. Fioccano le iniziative collaterali: la Amicus, una consociata che cura le p.r., mette le mani avanti ed emette comunicati di lode per il Gruppo Coprue & Partners.

Comunicato stampa

Un altro anno di successi per la Coprue & Partners Promozioni, divisione promozionale del Gruppo Coprue & Partners.

Ecco in veloce carrellata le principali tappe di questo vero e proprio cursus honoris causa.

Gennaio-febbraio: promozione Terrine della Meraviglia, con i Pentolini dello Stupore e le Tazze dell'Estasi.

Per tutta la primavera, da marzo a maggio, hanno tenuto banco la Piscinetta del Buon Demonio, il Coniglio Medicinale, i Piedoni Profumati, la Pompa Magica di Frugiuele e per Pasqua il CD con le Musiche Pasquali dall'Uovo all'Uomo.

Giugno: promozione medico-turistica per i Vip delle aziende, il Gotha-Gotta, condotto insieme alle Terme di Val di Funza e sostenuto da Azioni Simpatia su particolari prodotti: i Sulfamici, i Sorrisi di Iodio e i Simpamidici.

Estate: i Sempreagalla, con le Braccia, le Gambe, le Teste e i Tronchi. Poi i Tappetissimi con Tutti i Colori della Fantasia, quest'anno il beige.

Alla fine di settembre, esauriti i protagonisti del Gotha-Gotta, tutta Italia ha sognato con Eternal Dream Parfum, legato all'acquisto di un rimorchio Banerai.

A ottobre, per la Impianti Industriali, creazione degli azzeccati personaggi Ghifo il Facocero Impiantista e Nervia la Biscia Posalinoleum cui si aggiungerà, dopo il collocamento a riposo della forza-lavoro eccedente, Erminia la Farfalla Cementificatrice.

Novembre e dicembre spettano al Natale, periodo tradizionalmente ricco di attività, che abbiamo quest'anno concentrato nella promozione di terrecotte I Cocci del Povero Nonno, legati al lancio del nuovo purgante disegnato da Giugiaro, parte del cui ricavato andrà a un vero nonno.

Un altro successo per il Gruppo Coprue & Partners, i cui creativi secondo indiscrezioni stanno ora lavorando in gran segreto per il lancio di un nuovo rivoluzionario prodotto della Hax Corporation. Bisognerebbe essere proprio dei bastardi per soffiargli questo lavoro. Una nuova sfida ci attende, il nostro futuro è già cominciato!

Con preghiera di cortese pubblicazione.

16
Cosa fai all'una, mangiamo qualcosa insieme?

"Beve qualcosa?"

"Un succo di frutta."

"Che gusto?"

"Non ho tempo di star lì anche a pensare al gusto del succo di frutta."

"Pera, pesca, albicocca?"

"Non posso fare tutto io. La delego. Si mantenga su uno standard di mercato."

17
Entrate nel mondo del lavoro con le mani in alto, non vi sarà fatto alcun male

Così stando le cose penso che io e tutti gli altri nell'edificio, tutti quei duecento che siamo tra uomini donne e manager, potremmo fonderci di colpo in un unico impiegato, un solo organismo ribollente di occhi bottoni e scarpe.

Una massa debordante che rotola e cola per i corridoi ottimizzando i costi del personale.

Tutte le funzioni fisiologiche e aziendali riassunte in un blocco biologico, l'impiegato globale.

Niente burocrazia interna, niente comunicazioni lente, niente riunioni inutili.

Solo questo insieme di cartilagini e cravatte, mucose e fotocopie, pettinature e documenti strategici, e decine di bocche e centinaia di dita per telefonare e mandare fax, un formicolio di attività tutte rivolte all'esterno.

Si otterrebbero significativi miglioramenti nella gestione perché una dinamica aziendale interna non ci sarebbe più, o meglio saremmo noi la dinamica aziendale interna, con le strutture cerebrali perennemente collegate in rete. Sarebbe un vero lavoro di team.

Di sera, alle sei e mezzo-sette, ci separeremmo con schiocchi vischiosi come pallette di plastilina e ci avvieremmo ognuno a casa dell'altro, senza distinzioni di sesso, età, taglia, senza che nessuno noti la differenza.

Torneremmo in una casa qualunque e ci sembrerebbe la nostra.

Troveremmo altre persone, moglie/marito/figli o madre/padre/fratelli, un nucleo familiare standard che ci riconoscerebbe senza problemi, o al massimo: cos'hai oggi di diverso, sei stato dal parrucchiere? Saremmo tranquilli, non dovremmo nemmeno fare la fatica di diventare un'altra persona, diventeremmo semplicemente nessuna persona.

E dopo mangiato davanti alla tv, ci verrebbe nostalgia di una sensazione.

Caldo, uniformità, fluido.

Non vedremmo l'ora che fosse mattina, saremmo impazienti di essere reintrodotti nell'alito del magma, di tornare a lavorare.

Ci irrobustiremmo, ne sono sicuro. Non ci ammaleremmo mai, ci sosterremmo a vicenda. Peseremmo tredicimilatrecento chili e passa, siamo duecentosei per una media di sessantacinque chili, ci basterebbe uno stanzone con tutti i telefoni e i fax lungo le pareti.

Sarebbe un vantaggio, ma uno di quelli veri, per tutti.

18
Bellobellissimo Lemon Lemon. Una case history

Ancora problemi nella fabbricazione di *BelloBellissimo Lemon Lemon.*

L'ufficio tecnico della Hax Corporation multinazionale del pulito informa che il profumante fondamentale viene a costare improvvisamente cento volte più del previsto, perché è stato oggetto di un'asta tra l'esercito di una dittatura africana (per produrre armi strategiche) e l'ufficio acquisti di una multinazionale farmaceutica (per produrre un dentifricio al limone).

Respinti con perdite, i militari africani hanno abbandonato la lotta in pochi giorni, ma il prezzo del composto chimico ha fatto in tempo a schizzare verso l'alto.

Da una rapida elaborazione costi emerge che allo stato attuale delle cose *BelloBellissimo* dovrebbe essere posto in vendita al pubblico a due milioni al litro.

La Hax Corporation si mette al lavoro per trovare una soluzione e dopo una settimana c'è una prima proposta da parte dell'ufficio marketing.

Si può tenere il prezzo a due milioni al litro e cambiare settore merceologico.

Basta far ghiacciare il prodotto a 40° sottozero in piccoli

stampi sfaccettati a forma di diamante e venderlo a dieci grammi per volta con il posizionamento "il gioiello al limone che rinfresca la coppia avvizzita".

La proposta viene giudicata interessante dalla direzione e bocciata nello stesso momento.

Dopo un'altra settimana di studi l'ufficio marketing suggerisce allora di aggiungere alla composizione un potente antidoto e venderlo in barili da un quintale a grandi aziende dolciarie con il posizionamento "la pregiata essenza al limone per dolci".

Dopo una dozzina di riunioni prevale il parere che entrare nel settore alimentare dove attualmente spadroneggia un colosso come l'ex lucido da scarpe *Lumino* riciclatosi in "la gustosa crema per farcire il pandoro" sia un rischio.

La Hax Corporation prende tempo, il posizionamento resta lo stesso: "il lavapavimenti che oltre a pulire dà un profumo di limone".

Si chiede un incontro a breve con la Coprue & Partners per verificare lo stato dei lavori della campagna di lancio del prodotto.

19
Cosa fai all'una, mangiamo qualcosa insieme?

"Niente, un giorno all'ora di pausa è entrato dal concessionario fresco come una rosa, buongiorno buongiorno, chiede di vedere la Serie 7."

"Che macchina quella lì."

"Fantastica."

"Un confort, un'abitabilità..."

"Straordinaria. Be', si siede, regola i sedili, smanetta sulla plancia comandi, climatizzatore eccetera, a un bel momento trac! resta lì seduto con le mani sul volante. Il cuore. Il concessionario non s'è accorto di niente. Ha capito perché a un certo punto l'ha visto un po' piegato di lato, sempre col volante in pugno, credeva che volesse provare il servosterzo, difatti le ruote hanno sterzato, solo che lui rimaneva lì fermo e non tornava più su. A pensarci fa anche ridere, se uno non è un parente, intendiamoci."

"Be', carina come morte, non ha sofferto."

"Ah, ci farei la firma anch'io."

"La Serie 7 è quella che ha di serie anche l'air bag per il passeggero?"

20
Bellobellissimo Lemon Lemon. Una case history

Tutti intorno a un tavolone, uomini e donne Coprue & Partners, agenzia di pubblicità, contro uomini e donne Hax Corporation, multinazionale del pulito.

Acqua minerale, caffè, fogli, matite, sorrisi e tensione per tutti.

L'agenzia sta presentando un'idea strategica di comunicazione: "*BelloBellissimo Lemon Lemon* nel corso dei secoli".

Come se il bisogno del prodotto fosse sempre esistito, spiega una dell'agenzia, come se l'umanità avesse da sempre nell'animo una zona riservata a *BelloBellissimo Lemon Lemon.*

Da quest'idea di base nascono alcuni spot, tanto per cominciare.

* Eva che pulisce la grotta e un cespuglio in fiamme che le dice: d'accordo, partorirai con dolore, ma almeno pulirai i pavimenti senza fatica. E dal cespuglio rotola fuori un bottiglione: *BelloBellissimo.*

* Antica Roma: le oche del Campidoglio starnazzano contro l'invasore, si emozionano e depositano un po' di guano sul marmo bianco. Niente di male, dice un centurione, dopo passo con *BelloBellissimo.*

* Luigi XVI sale alla ghigliottina e il boia: non si preoccupi per il pavimento maestà, dopo puliamo con *BelloBellissimo.*

* Due americani sbarcano in Normandia nel 1944. Si perdono, uno si nasconde nella casetta di una bella normanna e riesce a sfuggire al rastrellamento tedesco perché lei ha pulito perfettamente il pavimento dal fango degli scarponi con *BelloBellissimo.* Stacco sulla faccia terrea dell'altro soldato, che invece viene smascherato in una casa dove si usa un altro detersivo: dettaglio delle tracce di fango rimaste per terra. Immagine finale con le SS ghignanti e il tenente che ordina: *feuer!*

Commenti generali della Hax Corporation: interessante, così a caldo è una campagna di respiro internazionale, divertente, eventualmente il soggetto "Rastrellamento nazista" lo facciamo apparire meno in Germania. Magari si smussa un po', al tenente delle SS invece di "feuer" gli potremmo far dire non so, adesso dico una stupidaggine, la prima cosa che mi viene in mente, la butto lì: "fuoco fuochino", così diventa un gioco, una citazione. Bisogna tenere presente che è tutto molto ironico. Non mi convince, non vorrei che il prodotto fosse poco protagonista. Se ho ben capito è un po' una macchina del tempo, una cosa interattiva che adesso tra l'altro va fortissimo non solo in America.

Risposta onnicomprensiva della Coprue & Partners: certo è proprio così.

"Ma la profumazione limone non viene mai citata?" domanda uno della Hax.

"Ma questo è solo un abbozzo della campagna. Quando

sarà finita, il discorso limone sarà evidenziato in pieno, non preoccupatevi" risponde uno della Coprue & Partners.

"Insistiamo sul discorso limone, fateci una proposta specifica."

"Ci spenderemo un po' di pensiero" dice Sterzi, responsabile del progetto.

21
Cosa fai all'una, mangiamo qualcosa insieme?

"Ho letto un libro eccezionale. Adesso non ricordo il titolo né l'autore e neanche una parola, ma mi ha fatto veramente colpo."

"Non sarà quel libro che va molto adesso, quello stranissimo di lui che va in un posto e poi torna?"

"Sì, mi pare di ricordare che sia così, che poi incontra una e si innamora."

"Sì sì, ho capito qual è. Io ho visto il film. Carino."

"E il film si chiama?"

"Eh, non mi ricordo, siamo entrati che era già iniziato. Mezz'ora per trovare parcheggio, sai com'è quando si va all'Excelsior."

"Sala Uno o Sala Due?"

"Uno uno, la sala mega."

22
Entrate nel mondo del lavoro con le mani in alto, non vi sarà fatto alcun male

Ricordo molto bene il mio primo rapporto sessuale. Una ragazza mi prese, mi fece entrare dentro di sé e dopo la mia eiaculazione istantanea mi disse “ora hai una vita sessuale” come se mi dicesse “ti ho attaccato la polmonite”.

Il giorno dopo avevo la polmonite.

Quando mi hanno assunto nella mia prima azienda uno mi ha detto “sono trent’anni che sono qui e mi sembrano due giorni” come se mi dicesse “qui il tempo è fermo, siamo noi che passiamo”.

Questo però il giorno dopo non l’avevo capito, per capirlo ci ho messo anni.

23
Cosa fai all'una, mangiamo qualcosa insieme?

"Com'è la cotoletta?"

"Mah, è... aiutami, non mi viene l'espressione corrispondente in italiano, mi viene solo in americano."

"Davvero?"

"L'americano ce l'ho ancora nell'orecchio cosa vuoi, ho vissuto tanto là da ragazza. Hanno dei modi di dire tutti loro, questa cotoletta è, è..."

"Dillo in americano, là come direbbero?"

"Very good."

24
Bellobellissimo Lemon Lemon. Una case history

Dalla Hax Corporation multinazionale del pulito è arrivata la risposta definitiva sulla campagna *"BelloBellissimo Lemon Lemon* Nel Corso Dei Secoli".

Viene giudicato positivamente solo il fatto che la campagna parla bene del prodotto pubblicizzato. Per il resto bisogna rivedere molte cose. C'è da rilavorare. E una campagna che fa schifo.

"C'è da rifare tutto?" domanda al telefono uno della Coprue Partners agenzia di pubblicità.

"Sì. Non avete un minuto da perdere" risponde una della Hax Corporation. "Vogliamo una presentazione al massimo tra due giorni."

"Ok. Ricordati che siamo i migliori."

Vengono allertate tutte le Coprue & Partners d'Europa, una task force creativa che schiodi il problema. Ci si rende conto che una normale campagna di lancio non basta. Ci vuole qualcosa di più.

Dalla Coprue & Partners di Cipro arriva un fax con una proposta: e se si usassero testimonial d'eccezione, celebrità locali, diverse per ogni paese?

Perché no!

Si prende contatto con la World Artist, un'agenzia che tiene sotto contratto nomi di straordinario impatto sul pubblico.

Dopo venti ore di riunione con la World Artist, vengono selezionati alcuni personaggi che potrebbero legare il loro nome al lancio di *BelloBellissimo Lemon Lemon.*

Viene scelto Maurice Delassière detto Maurice L'Impavido, l'uomo più spericolato del mondo, l'artista del rischio, il re dell'impossibile. L'idea è buttarlo da un aereo con uno spazzolone e un secchio al posto del paracadute e vedere come se la cava. Gli vengono offerti 800.000 dollari più una fornitura a vita di *BelloBellissimo* (stimata in una confezione da tre). Maurice dice che ci penserà ed esce dalla finestra.

In attesa della sua risposta, vengono sondate le disponibilità di:

– Theresa Louise Kingdom, ex soprano ora seguitissima massaia alla tv inglese;

– Padre Duarte, il confessore dei tossicotrovatelli che tiene una seguitissima rubrica alla tv spagnola sui mille modi con cui gli ripuliscono le cassette delle elemosine;

– Teddy Tarantola, l'ex presentatore noto perché nessuna trasmissione lo vuole più e in qualità di rifiutato tiene una seguitissima rubrica alla tv italiana chiamata *Spazzatura Corner*.

Tutte personalità che per un verso o per l'altro con il prodotto possono sviluppare interessanti sinergie.

Alla Coprue & Partners sentono di avere in mano l'idea giusta e telefonano alla Hax Corporation: "Siamo pronti! quando ci vediamo?"

La Hax risponde: “Si può rimandare la riunione di qualche giorno? Abbiamo un problemino col packaging del prodotto”.

25
Entrate nel mondo del lavoro con le mani in alto, non vi sarà fatto alcun male

So che può sembrare strano ma spesso ho la sensazione di essere un divo.

È strano perché io sono un impiegato di cinquantasette anni e non ho mai fatto niente.

In azienda, la carriera che potevo fare l'ho fatta. Guadagnerò come un professore delle medie o un funzionario del comune, chi se ne frega.

Non so perché, giuro, non so spiegarmi perché penso di essere un divo.

Ho gli occhi pesti e la faccia piena di gonfiori che sembrano fughe di gas sottocutanee. Non ho neanche le rughe profonde da intellettuale. Sulle guance e sulla fronte ho come delle linee piatte che fanno sembrare la pelle il fondo di una pentola usata.

Ero rossiccio di capelli, ora ho un riporto che parte dalla tempia sinistra, fa una visierina di capelli grigi pressati e si salda alla tempia destra. Ho una moglie e circa due figli, la media della fascia media.

Perché dovrei essere un mito?

Nessuno mi chiede mai un parere, nessuno nota se ci sono o no. Sono finito sul giornale una volta trent'anni fa in cronaca locale, perché una notte un ubriaco aveva dato fuoco a tre automobili. Una delle automobili era la mia, sul giornale c'era anche il mio nome. Quella è stata la parte famosa della mia vita, poi basta. Casa ufficio tram pastasciutta, domenica-novantesimo, lunedì-si ricomincia, e avanti così.

Eppure.

Eppure penso che la gente debba incantarsi quando appaio, fotografare ogni mio gesto.

Le ragazzine mangiarmi con gli occhi quando passo per strada.

Penso che a loro, alle fans, basti un mio sguardo di sbieco, che mi vedano mentre mi aggiusto il riporto col pettinino in ufficio, mentre aspetto il tram con su il cappotto, mentre mangio un primo al bar sotto l'azienda. Penso che siano gesti che si stampino nei loro cuori, cose che telefoneranno subito alle amiche col cuore in gola, ripetendole mille volte nei dettagli. Spesso ho la sensazione che facciano finta di non notarmi per non darmi fastidio.

Il divo che penso di essere non è neanche uno della mia età.

Credo di essere un cantante sui ventidue-ventitré anni, un idolo del rock col ciuffo, un calciatore di quelli belli, uno baciato dalla fama e dalla fortuna che prende il successo con naturalezza a causa della spavalderia spontanea procurata dalla gioventù.

Io sono alto 1,65, ho la sciatica, mia figlia dice che da dietro sembro un basso tuba.

Non dico mai niente di intelligente, anche perché per noia e per prudenza preferisco non parlare mai. Leggo solo la pagina dello sport, non vado al cinema, vedo tre quattro ore di tv al giorno. Ho vestiti in saldo, occhiali comprati dalla moglie, uso il divor-odor, la mia vita non ha senso. Eppure mi guardano come un semidio. Ma perché?

26
Cosa fai all'una, mangiamo qualcosa insieme?

"Caro mio, qui è come il Gattopardo. Bisogna che tutto cambi perché nulla cambi."

"Ma no, perché nulla cambi si fa prima a non cambiare un cazzo, da' retta a me."

27
Bellobellissimo Lemon Lemon. Una case history

Giorni d'inferno vero e nero alla Hax Corporation multinazionale del pulito. Il packaging del prodotto non esce bene dai test. È giudicato senza carattere, anonimo, vecchio. Una confezione sbagliata può ammazzare un prodotto, si sa. Se è nuovo poi.

Manager, product manager, dipendenti, tutte le persone coinvolte nel progetto *BelloBellissimo Lemon Lemon* guardano con odio il bottiglione giallo e verde che fino al giorno prima adoravano come una reliquia.

Bisogna correre ai ripari.

Viene chiamato il più grande esperto, il genio riconosciuto del packaging. L'ingegner Wurzklaus, l'inventore del tappo a pera, un tedesco innamorato dell'Italia che lavora qui ormai da trent'anni. Moglie italiana, figli nati qua. Ogni figlio è legato a un momento importante della sua carriera, Giantappo il primo e Monodose la femmina.

Wurzklaus suggerisce di fare confezioni a forma di limone.

"Ma la confezione contiene un litro e mezzo di prodotto" gli si fa notare.

"Faremo un limone da un litro e mezzo" risponde lui.

Si produce un prototipo, un enorme limone in polivinile, una riproduzione alta quaranta centimetri che rispetta in ogni particolare la morfologia dell'agrume: buccia spessa, spicchi, pellicine e la polpa fatta di minuscole sacche gonfie di succo. Solo che non è succo, è *Bellobellissimo Lemon Lemon.*

Per usarlo, si taglia in due con un lungo coltello seghettato e si deve spremere in un secchio speciale per i pavimenti, il Secchione *BelloBellissimo* che è a forma di spremiagrumi. Come per fare una limonata.

Tutto questo conferisce al prodotto un'aura di naturalità.

Inconvenienti? Uno solo: la confezione non sta in piedi sugli scaffali dei negozi.

Non è un inconveniente, è un punto di forza, gongola il mago del packaging: appenderemo i limoni di *BelloBellissimo* all'Alberello Del Pulito.

Come in campagna i limoni pendono dalla pianta, così le confezioni di *BelloBellissimo* saranno appese ad appositi alberi nei punti vendita e la gente andrà a coglierli, rafforzando la convinzione che si tratti di un prodotto legato alla natura.

Wurzklaus viene portato in trionfo alla fine della riunione.

Si costruisce un prototipo di albero, alto quattro metri perché nei negozi si veda bene e vengono appesi gli enormi limoni uno a uno, fissandoli con speciali saldatrici. Purtroppo i gambi non reggono e durante un test un limone si stacca dall'ultimo ramo e stecchisce una massaia.

Allora si eliminano gli Alberelli Del Pulito e si piazzano a terra grandi cestini a rete, come quelli che contengono i limoni veri.

La nuova disposizione funziona bene, ma iniziano nuovi problemi perché dai primi collaudi emerge che per spremere fuori il liquido detergente, date le dimensioni del finto limone e la proporzionale consistenza del polivinile, ci vuole la forza erogata da una betoniera.

Oltretutto la buccia tende a spaccare le lame dei coltelli e viene scartata quasi subito l'idea del reparto promozioni di dare in omaggio con dieci *BelloBellissimo* una sega a motore.

È assolutamente necessario rendere la confezione meno impenetrabile.

Wurzklaus cambia in tutta fretta la formula del polivinile ma, per il poco tempo e una serie di fraintendimenti con il laboratorio, i nuovi campioni di confezione risultano troppo molli. Non sembrano neanche limoni, sono vesciche globulose verdastre che non stanno in forma, si accasciano sul fondo dei cestini a rete, si autosbudellano con facilità nel tragitto supermercato-casa e sgocciolano detersivo su tutta la spesa.

"Perché non prendiamo limoni veri?" dice una giovane assistente di Wurzklaus. Aspiriamo via da un vero limone il succo, e poi ci siringhiamo dentro la dose di *BelloBellissimo.* Sarà una piccola dose, ma un vero limone è ergonomico e si taglia con facilità.

Buona idea, si manda in test ma risulta che con il succo di una confezione si lava al massimo un metro quadrato di pavimento, senza contare che in una settimana almeno il 40% di consumatrici hanno finito per confondere limoni veri e limoni-*BelloBellissimo* e si sono spremute il detersivo sulla bistecca.

Wurzklaus chiede una settimana in più. Gli viene negata. Allora vuole subito la parcella, ottanta milioni, in marchi tedeschi perché qualche legame con la Germania l'ha voluto tenere.

Gli viene concessa la settimana.

28
Cosa fai all'una, mangiamo qualcosa insieme?

"Mi fanno tenerezza i ricchi. Vorrei essere sempre vicino a loro, aiutarli."

"Anch'io. Prendi Maiutto sembra un duro, ma poi. È l'amministratore delegato di un'azienda di quattromila dipendenti, d'accordo, ma lo vedessi alla mattina presto."

"Tenero?"

"Ti vien voglia di riempirlo di coccole."

"Ciccio."

"Anche quando c'è stata la storia dei trecento."

"I licenziati?"

"Sì. Be', ti assicuro che stava piovendo, e lui è andato via sulla Porsche mogio mogio, non li ha neanche schizzati con la pozzanghera al cancello."

"Al limite poteva farlo."

"Ah certo, e chi lo prendeva più."

"Capirai, una Porsche."

29
Bellobellissimo Lemon Lemon.
Una case history

Alla Coprue & Partners agenzia di pubblicità non si perde tempo.

La Hax Corporation, multinazionale del pulito, ha fatto sapere che è inutile elaborare la campagna pubblicitaria per *BelloBellissimo Lemon Lemon* se il packaging non è ancora pronto (la forma determina il contenuto), tuttavia l'agenzia di pubblicità è strenuamente al lavoro per definire le iniziative collaterali. Si continua nella ricerca dei testimonial.

"Come hanno risposto quelli contattati?"

"Vediamo, la Cantante Lirica sta cambiando sesso e per un anno non è disponibile, il Sacerdote Spagnolo accetta solo se lo si vede attraverso la grata del confessionale, il Presentatore Rifiutato ha accettato ma vuole troppi soldi. E del resto lui senza gli altri due non ha senso."

"E Maurice l'Impavido?"

"Eh, Maurice l'Impavido. Non hai letto i giornali oggi?"

"No."

"L'ha mangiato la tigre dei formaggini su un set fotografico."

Si telefona alla World Artist: hanno qualcun altro da proporre?

Viene fornita una lista di trenta nomi, dopo una riunione di sei ore se ne salva uno: Ado Lappa, l'ex killer dagli occhi dolci. Il suo target sono sempre state le casalinghe, nel senso che ne ha sgozzate una decina in gioventù dopo averle sposate e ora è l'idolo delle superstiti, che sono milioni.

Le donne di tutta la nazione l'hanno tempestato di bigliettini fiori e foto quand'era in carcere e lo assediano ora che è diventato una celebrità. Ha fascino, una sfrontatezza simpatica, sa sorridere e sa convincere. Arruolato.

"Facciamo una linea telefonica *BelloBellissimo Lemon Lemon* e diamogliela da condurre!"

"Ottimo!"

Alla fine del pomeriggio si elabora un possibile comunicato stampa.

"Per saperne di più sul tuo pavimento, oggi basta una telefonata. Fai 144.441.111.444 e risponde *BelloBellissimoLem*-ON-*line*, la voce dal pavimento.

Informazioni, curiosità, retroscena, e aggiornamenti *in tempo reale* su ogni tipo di pavimento. Ceramica, parquet, pvc, marmo.

E attenzione: a *BelloBellissimoLem*-ON-*line* non risponde una semplice voce registrata! A svelarti ogni segreto sui pavimenti sarà Ado Lappa in persona.

Sì, Ado Lappa l'affascinante, il controverso, il seguitissimo personaggio diventato celebre come intransigente partner di donne di casa (il "Killer Dagli Occhi Dolci"), poi conduttore del primo talk-show trasmesso da dietro le sbarre ("Cattiverie Con Gli Occhi Dolci").

Una volta liberato dopo imponenti raccolte di firme, Lappa

ha mietuto successi come inviato speciale ("Brutte Notizie Ma Con Amore"), come cantante a Sanremo ("Angelo Non Sempre Io") quindi di nuovo come anchorman in tv ("Io So Perché"), quindi come Garante dei Lettori presso il settimanale *Luce.*

Ora, membro laico del Consiglio Superiore della Magistratura, ha deciso di gettarsi in una nuova avventura professionale e accettare l'invito di *BelloBellissimoLem*-ON-*line,* che è in funzione 24 ore su 24 (2540 lire al minuto + iva).

È facile: fai 144.441.111.444 e trovi Lappa che ti aspetta!"

30
Cosa fai all'una, mangiamo qualcosa insieme?

"Premetto che è una collega e non voglio parlarne male, ma la Ada Bottomarchio mi ispira una ripugnanza così radicale, in ogni gesto, in ogni parola, che è diventata ai miei occhi una figura educativa. Mi basta vedere come parla, come si atteggia, e fare il contrario per sentirmi migliore. La esporrei all'università perché tengano delle lezioni su di lei. Non sa fare assolutamente niente, è ignorante come un caprone, se la tira da sapiente, è di una meschinità rivoltante, avara come un pidocchio ed è talmente carogna che solo la sua grandissima cretineria le impedisce di essere un pericolo per l'umanità. In più è gradevole alla vista come uno sputo sul marciapiede."

"Non l'ho presente."

"Ma sì, la Ada Bottomarchio, quella che sembra un manichino imparruccato, sta in ufficio con Rosati."

"Aspetta."

"Non puoi non conoscerla, la chiamano la mummia di merda."

"La mummia di merda, fammi pensare."

"E quella che la dava a Raumann."

"Ah ho capito allora, la Ada Bottomarchio. L'ha data anche a me."

"Ah."

"Be', ma ti parlo di parecchio tempo fa, sarà un anno."

"Ah. Forse un anno fa era meglio."

"No no, dalla descrizione mi sembra sempre uguale a prima. Forse un filo meglio."

"Ah."

"Guarda che non mi sono mica offeso."

"Se avessi saputo, scusa."

"Ma figurati."

"..."

"Dai, non mi sono mica offeso."

"Davvero?"

"Giuro."

"..."

"Giuro, non me ne frega niente."

"E Lo Monaco lo conosci?"

"Lo Monaco, sì, come no."

"Come ti pare?"

"Un bastardo."

"Meno male. Lo sai che è lui quello che ha fatto saltare i computer del terzo piano il mese scorso?"

31
Bellobellissimo Lemon Lemon.
Una case history

"Adesso non c'è da perdere un minuto" dice al telefono una della Hax Corporation multinazionale del pulito.

"Non c'è un minuto da perdere" risponde uno della Coprue & Partners agenzia di pubblicità e cade la linea.

Ma a nessuno dei due importa perché l'importante se lo sono già detto: il problema della confezione è stato risolto. *Bello-Bellissimo Lemon Lemon* ha trovato il packaging vincente.

Abbandonata la forma a limone, l'ingegner Wurzklaus ha trovato la strada giusta dopo una settimana di lavoro forsennato.

L'idea gli è venuta a notte fonda, mentre non riusciva a prendere sonno e scorreva una ricerca sui detersivi liquidi.

Appreso che molti consumatori si lamentano dei tappi (rotolano via, si perdono, intasano le vasche da bagno), Wurzklaus decide di produrre confezioni senza tappo.

"Vuole venderle già aperte?" gli si chiede.

"Al contrario: farò confezioni senza tappo e senza apertura. Non si potranno aprire, si dovranno rompere" dice Wurzklaus e presenta la sua nuova creatura, un cubo giallo di plastica rigida, chiuso su tutti i lati.

Comodo, piccolo, maneggevole.

Per aprirlo basta romperlo come un uovo-quadrato sul bordo della vasca da bagno. Si versa il detersivo in un catino e si butta via il guscio vuoto.

"E il detersivo resta così nel catino?"

"Certo, all'aria aperta. Visto che ha un buon profumo fa anche da deodorante per ambienti. E per dosarlo basta un mestolo da cucina."

"Geniale."

Il cubo viene approvato, passa i test e va in produzione. Si ordinano a Taiwan venti milioni di confezioni in plastica quasi biodegradabile.

E si comunica la notizia con la massima segretezza a quelli della Coprue & Partners: la confezione sarà un cubo! Tenetene conto nella pubblicità!

32
Cosa fai all'una, mangiamo qualcosa insieme?

"Hai sentito di Botta?"

"No."

"Braccio rotto in due punti, quattro vertebre, una clavicola, costole varie e tutti i denti saltati. Minimo un anno di riabilitazione."

"Cos'è successo?"

"Incidente d'auto."

"Porco cane."

"Ma questo è niente. È il come che è pazzesco. Ti ricordi che aveva ideato un'affissione stradale per oggetti da regalo. Il titolo era 'Nel regalo c'è una parte di te', nella foto si vedevano cigni in vetro lavorato, portacenere molati, queste cose qui, ti ricordi?"

"Sì."

"Be', uscendo dalla Paullese dove c'è la curva grande, ha sbandato e si è disintegrato proprio su quel cartellone, che era dopo la curva. Proprio sul cartellone che aveva pensato lui, ti rendi conto?"

"Ma dai..."

"Si è impastato in pieno sulla foto dei cigni, c'era ancora la sua forma bella evidente tipo sindone. Noi siamo arrivati lì un'ora dopo il fatto e sotto il titolo 'Nel regalo c'è una parte di te' abbiamo aggiunto a pennarello: 'Il resto è qui in giro'."

"Per sdrammatizzare, giusto?"

"Un minimo di ironia."

"Ah, io non sopporto quelli che si prendono sul serio."

"Caffè per tutti?"

"Magari prima un dolcino."

33
Bellobellissimo Lemon Lemon. Una case history

Un cubo!

La confezione di *BelloBellissimo Lemon Lemon* è un cubo giallo chiuso da tutti i lati: l'idea segreta dilaga in un baleno per i corridoi della Coprue & Partners, agenzia di pubblicità.

Se non fosse segreta, la notizia non interesserebbe a nessuno ma è segreta, così dilaga in un baleno per i corridoi e una volta che la si viene a sapere torna a non interessare a nessuno. Il rischio di spionaggio industriale è molto limitato.

Gli unici che restano all'oscuro della novità sono quelli che avrebbero dovuto conoscerla subito e cioè quelli del Progetto Pavimentus, nome in codice.

"È assurdo, quello delle pulizie ha saputo del cubo prima di me" dice uno.

"Io ho visto un nuovo assunto con davanti lo schizzo del cubo che ne stava parlando al telefono, chissà con chi" dice un altro.

"Qualcuno ha parlato del cubo anche col barista del Flirt Bar" dice un altro ancora.

"A me l'ha detto il barista del Flirt Bar" dice Sterzi, che è il capo del progetto.

Comunque è un cubo, un cubo, un cubo.

I creativi si sguinzagliano intorno a questa forma, cosa si può dire di un cubo, come lo si può collegare a un detersivo?

Fioccano le idee: il pulito al cubo, il dado del pulito è tratto, il pulito da tutti i lati, un solido amico della pulizia, tutto il pulito in un volume, la piastrella a tre dimensioni, sei facce pulite, dodici spigoli contro lo sporco, fino alla trasgressione per i giovani: il pulito dal buco del cubo, con riferimento all'apertura che è necessario praticare nella confezione per far uscire il detersivo.

L'entusiasmo è alle stelle.

Si organizza una riunione volante in agenzia dove si passano in rassegna i pensieri del giorno. Ok ragazzi, ci siamo! È un momento sì. È un grande momento, è il nostro momento. Chiamiamo subito la Hax Corporation, multinazionale del pulito, il nostro cliente, presentiamogli questi concetti, così a caldo.

Si telefona alla Hax. Si organizza l'incontro in pochi giorni. Si svolge l'incontro, al centro del tavolo troneggia un cubo giallo di un metro di lato, messo lì a scopo propiziatorio.

Al termine della presentazione di tutti i concetti-cubo, come sono stati battezzati dall'agenzia, il più alto in grado della delegazione Hax dice: "Posso?" e si mette ad applaudire, da solo.

Dopo un secondo tutto il gruppo della Hax Corporation, cinque o sei persone, si mette ad applaudire.

Quelli della Coprue & Partners sono confusi e orgogliosi.

L'applauso dura un paio di minuti. L'atmosfera è partecipe e commossa, si respira solidarietà, aria di lavoro difficile andato bene, è stata dura ma guardandoci negli occhi ho capito che ce l'avremmo fatta.

Avete fatto un lavoro straordinario, dice il più alto in grado della Hax.

Certo, c'è da fare ancora uno sforzo perché siamo solo all'inizio. È ottimo, ma è sempre e soltanto un inizio. Bisogna lavorare ancora, la direzione è quella ma bisogna andare ancora più avanti. Ci sono spunti eccezionali, avete insistito molto sul cubo, giustamente, ma fin troppo. Io considererei questi concetti-cubo come un esercizio utile, utilissimo, a patto che non ce li facciate vedere più. Non siamo neanche tanto sicuri che la confezione alla fine sarà veramente un cubo. Forse torneremo al bottiglione. C'è un nuovo test fatto in Sudamerica dove il cubo esce male. È importante il Sudamerica per noi. Dovete rifare tutto, comunque complimenti, comunque dovete rifare tutto.

34
Entrate nel mondo del lavoro con le mani in alto, non vi sarà fatto alcun male

È notte.

Io sono sicuro di sapere quanto uno guadagna guardandolo in faccia. Anche a quanti soldi ha in banca posso arrivare ma è più difficile. Sullo stipendio invece mi sbaglio di trentamila lire al massimo.

Non sono un mago, semplicemente mi piazzo davanti a uno e dico una cifra. Lui può guardarmi, sviare gli occhi, fare il ghignetto, la battutina, aver vergogna, io capisco comunque.

Se ho detto una cifra troppo bassa, lui non riesce a trattenere un'aria di sollievo, magari gli sprizza fuori da un sopracciglio, un tremito della giacca, uno sbuffetto della narice, un'espressione del genere: "Seee, ti piacerebbe".

Se invece ho detto una cifra troppo alta ha una reazione mista: speranza, invidia, terrore, rabbia.

Poi aggiusto il tiro, salgo, scendo, non lo lascio ragionare, sparo una raffica di Quattromilioni! Tremilioni e Sei! Tremilioni e Quattro! Tremilioni Tre e Cinquanta, finché sono sicuro di aver fatto centro. C'è una frazione di secondo in cui davanti alla cifra precisa del loro stipendio sono indifesi anche i più duri, hanno tutti l'occhio del cerbiatto davanti al fucile.

Nessuno poi mi conferma questa cifra apertamente ma non mi interessa. Ormai so, e so che lui ha capito che io so.

Ci sono altri modi per conoscere lo stipendio degli altri, ma bisogna saper interpretare. Una volta ho sentito uno che per fare un po' di spirito ha detto a una segretaria: "Un milione di grazie!" e lei in risposta: "Un milione di prego, anzi, un milione e quattrocentotrentamila prego!" e poi è sbiancata: mi sono tradita, l'ho detto. Questa faccia di sbigottimento è durata una frazione di secondo e all'altro è sfuggita.

A me non è sfuggita.

Un milione e quattrocentotrentamila prego. Come mai una segretaria ha in testa un numero così, è un caso? Non ci sono casi in questo ambiente, soprattutto non ci sono casi che corrispondono a questo numero. È il suo stipendio.

Certo, bisogna saper interpretare.

35
Cosa fai all'una, mangiamo qualcosa insieme?

"Ma lo sa?"

"Non lo so, dalla faccia non si capiva."

"Lo sa lo sa, secondo me gliel'han detto, faceva troppo l'allegro."

"Anche secondo me lo sa. Un licenziamento, lo senti intorno a te quando è il tuo momento."

"Tra l'altro è diventato più cordiale ultimamente."

"Allora lo sa, fanno sempre i cordiali quando li segano."

"Mi ha salutato, prima neanche uno sputo mi tirava."

"Io l'ho anche sentito ieri che ha detto: nella vita bisognerebbe dedicarsi di più ai figli, al lato umano."

"Allora lo sa."

"Lo sa lo sa."

"Ma gli regalano l'orologio d'argento anche a lui come quando han segato Berti?"

"Altri tempi quelli."

"Ti ricordi che a Berti sull'orologio gli hanno inciso la frase 'Per essere ancora puntuale con altre sfide di successo'?"

"Altri tempi, adesso gli inciderebbero: 'La cacca di cane la mangi sul pane' in corsivo inglese."

"Per me gli inciderebbero ancora una frase amichevole ma sulla faccia."

"Sapete che quel corsivo lì si chiama 'inglese' in Italia e 'italic' in Inghilterra?"

36
Bellobellissimo Lemon Lemon. Una case history

D'Arfoglia Muacchia, presidente della Coprue & Partners agenzia di pubblicità, ha un sacco di cognomi ognuno dei quali ti può tornare utile.

Per esteso si chiama Carlo Cesare Bramozio Magno Nerone (da qui in avanti sono cognomi) D'Arfoglia Muacchia Bellicionte Tarmjano Bardulli.

Il suo concetto di marketing fa tutt'uno con la sua vita e ruota intorno a frasi come: "io possiedo numerose automobili", "il povero ci deve rimettere le penne", "il ricco dovrebbe guadagnare di più", "quel vigile che osò fare la multa a un potente è stato poi radiato e ora si torce in un ospizio", frasi che oltretutto lo rasserenano.

A seconda di come lo chiami, si capisce chi sei.

D'Arfoglia Muacchia, sei uno normale. D'Arfoglia Muacchia Bellicionte, sei un adulatore goffo. Bardulli e basta, sei uno snob che vuol fare bella figura. Bellicionte Muacchia invertendo l'ordine, vuol dire che sai qualcosa della famiglia ma è probabile che tu sia del ramo povero. D'Arfoglia Tarmjano, sei uno che conta.

"Mi passa D'Arfoglia Tarmjano per favore, sono Ponzi" dice una voce ferma.

"Carissimo" dice D'Arfoglia Muacchia tagliando la coda al vedo se è in ufficio della segretaria.

"Come andiamo."

"Sempre bene."

"Questo governo dovrebbe dare garanzie migliori dell'altro."

"Dovrebbe."

"Miriam?"

"Bene."

"Figli?"

"Bene. Le tue donne?"

"Bene tutti grazie. Cosa mi dici del progetto Pavimentus."

"Ottimo, stiamo lavorando alla grande."

"Ho saputo che ci avete presentato delle cose un po' così, la settimana scorsa."

"Ma era solo un passaggio intermedio."

"Non è che il pulito nel buco del cubo ci abbia entusiasmato. A me personalmente piace, ma tieni conto dei nostri consumatori."

"Abbiamo voluto andare molto in là, forse abbiamo esagerato. Sono pienamente d'accordo con te."

"Quante buche hai fatto al San Bozzino?"

"Metà."

"Quanti colpi?"

"Due sotto. Hanno messo un nuovo cuoco al club. Lo trovo delizioso come persona, molto premuroso."

"Come cuoco non mi fa impazzire."

"È un incapace, sono il primo a dirlo."

"Anche come persona, non so."

"È un po' troppo premuroso, forse. Hai ragione."

"Dobbiamo vederci."

"Chi?"

"Noi, come aziende."

"Quando vuoi. Perché?"

"Progetto Pavimentus."

"Ah certo."

"È un prodotto chiave per noi. Qui ci dovete fare una campagna da spaccare il mondo."

"Certo."

"Vincere premi, far saltare il banco."

"Certo. A proposito, perdona la memoria, ma cos'è di preciso il prodotto?"

" Non te lo ricordi?"

"Non l'ho presente esattamente."

"Guarda, adesso come adesso mi cogli un attimo impreparato. Non me lo ricordo neanch'io. Non ho l'agenda sottomano."

"Niente di male, l'importante è che se lo ricordino i nostri uomini."

"Mi faccio un puntino qui sul pollice per ricordarmi che devo chiedere cos'è il prodotto a qualcuno dello staff. Poi te lo telefono subito."

"Non preoccuparti. Tra quattro minuti entro in riunione e spengo il cellulare, ma per te lo lascio acceso. Però chiamami tu, non lasciare che mi telefoni un altro."

"Ti chiamo al massimo tra trecento secondi."

"Magnifico. È sempre un grande piacere lavorare con te. Il mio Ponzi. Il mio cliente preferito."

"Anche tu sei nei miei pensieri Carlo. Ti abbraccio."

"Ti abbraccio anch'io. Comincio a contare fino a trecento."

37
Cosa fai all'una, mangiamo qualcosa insieme?

"Sai cosa mi piacerebbe essere se non fossi io?"

"No."

"Indovina."

"Non lo so."

"Prova a dire."

"Ma non lo so, dimmelo tu."

"Di' mi arrendo."

"Mi arrendo."

"Ok. Io vorrei essere una che vince otto miliardi al totocalcio e li dà tutti in beneficenza. Ma non solo, farei anche in modo di non apparire. Sarebbe un gesto assolutamente anonimo, puro e folle, fatto per il piacere di farlo. Nascondermi, vivere nell'ombra e godermi l'effetto da fuori."

"Notevole."

"E poi succede che un giornalista intraprendente viene a sapere che un pazzo ignoto ha regalato otto miliardi in beneficenza, mette sottosopra il mondo e alla fine mi scopre, mi trascina sotto i riflettori dei media anche se non voglio, intorno a me si scatenano giornali, interviste, tv ed è il mio trionfo."

"E gli otto miliardi li lasci sempre in beneficenza?"

"A quel punto sono famosa come benefattrice, ne tiro su il triplo e vi mando tutti affanculo non farmi dire volgarità che stiamo mangiando."

38
Bellobellissimo Lemon Lemon. Una case history

Alla Coprue & Partners, agenzia di pubblicità, scoppia di nuovo il panico.

Come la moglie picchia il cane dopo averle prese dal marito, il presidente D'Arfoglia Muacchia ha chiamato Sterzi, capo del Progetto Pavimentus (nome in codice), e ha rovesciato su di lui urli e ordini dopo essere stato rimproverato dal capo della Hax.

Secondo organigramma, Sterzi rovescia urli e ordini sui suoi diretti sottoposti, che a loro volta ribaltano urli e ordini sul middle management, che a sua volta ribalta urli e ordini sulla folla degli impiegati gementi. Tutte le ferie annullate, si lavori sabato e domenica, tornino gli assenti guariscano i malati si aprano i crani si levino le idee.

Concentrarsi sul prodotto, quale confezione, quale cubo, qui bisogna parlare del detersivo in sé. (Il contenuto determina i contenuti.) Facciamo fare un salto di qualità alla comunicazione, dice D'Arfoglia Muacchia, i nostri creativi interni sono ancora prostrati dai concetti-cubo: mettiamo in pista forze fresche, dei freelance.

E raccomanda una piccola struttura di suoi amici, la Madolagio & Madolagio. Sono due creativi ricchissimi, padre e figlio, che lavorano solo per prodotti di altissimo livello.

"Ho fatto un mare di lavori con Madolagio & Madolagio" dice D'Arfoglia Muacchia nel silenzio al comitato di dirigenza. "Sono molto bravi e sono molto molto cari. Carissimi. Del resto quando ti devi fare un paio di scarpe fatte a mano mica vai dal primo che passa, le mie costano novecentomila lire."

L'argomentazione convince i dirigenti, Madolagio & Madolagio vengono contattati. In un'ora mandano il loro documento di presentazione, scritto una frase per riga.

FAX TO: Coprue & Partners c.a. Dott. Prof. Carlo D'Arfoglia Muacchia
FROM: Madolagio & Madolagio

Forse.
Forse non c'è un vero motivo se il mondo è diviso così.
E forse non è giusto.
E forse non è giusto se tu sei meglio di altri.
Ma tu sei.
Ma tu sei meglio di altri.
Credere nell'io.
Provare l'orgoglio dei primi per condividere con te la supremazia dell'ottimate.
Un grande in bocca al lupo a noi, nel prestigio.
Per la qualità dell'uomo solvibile, per la tua comunicazione, scegli Madolagio & Madolagio.
With compliments,
Madolagio & Madolagio.
Il piacere di un'adorabile ingiustizia.

Segue l'elenco dei prodotti che pubblicizzano: cachemire ma solo di ovini che non sopravvivono alla tosatura, imbarcazioni a vela usate dai pirati normanni con su un normanno vivo che oggi però non pirateggia più ma ti fa da mozzo, brut millesimati con le bollicine che nel bicchiere compongono il tuo stemma nobiliare o a scelta l'estratto conto, abitazioni di superlusso ubicate nel giardino della villa del parco del castello della reggia con davanti un pitbull addestrato a sbranare anche il veterinario, elicotteri con sensori a infrarosso, centrali telefoniche, ostriche cerebralmente evolute.

Si stabilisce un appuntamento in un ristorante così esclusivo che non ha neanche la porta.

39
Cosa fai all'una, mangiamo qualcosa insieme?

"Non so se fare anch'io come Papponio e farmi regalare da mia moglie la *Vadra Ultra* con ruote rostrate, sedili dermoprotettivi con tatuaggi, servosterzo, leccafreni, cambio ossequioso, tachimetro in oro iridio e buzio, plancia di comando assoluto in marmo etiopico con centralina informatica di dominio, portadocumenti in capretto con codice a scomparsa (e volendo, il capretto ricompare), pulsante di superiorità su altre forme di vita, sorgenti luminose al plutonio e memoria acritica."

"Sì è carina, me la sono fatta regalare anch'io. Però il mio modello è la *Vadra Ultra Plus,* che in più ha il convertitore geotermico in sincrono con la fluttuazione di dollaro e marco, l'espansore di personalità per pilota e passeggeri, e due ali in titanio con piume in lega lamellare così se voglio decollo alla faccia dei vigili."

"E tu Fabricio, cosa ti han regalato al compleanno?"

"Il solito, una regione montuosa."

40
Entrate nel mondo del lavoro con le mani in alto, non vi sarà fatto alcun male

È notte.

Conosco Gallotti da otto anni, otto anni che ce l'ho davanti tutte le mattine.

Più lo guardo da vicino e meno lo riconosco. Non che la faccia cambi, è sempre uguale, ma capisco sempre meno com'è fatta.

La famosa ruga sulla guancia destra per dire, la fenditura che tutti notano subito, c'è sempre, è lì. Il profilo, la gobba sul naso, la zazzeretta sulla nuca, una specie di frangia al contrario che è il suo logo personale, sono al loro posto.

Mi concentro su questi particolari fisionomici così caratteristici, li isolo dall'insieme finché si deformano, la ruga diventa una normale piegolina della pelle, la zazzeretta una sfumatura come mille altre. Gallotti è l'unico uomo che deformato migliora.

Lo riconoscerei a trovarmelo di fronte all'improvviso fuori di qui?

Sono abituato a vederlo col suo pannello di sughero come sfondo. Appesi al pannello ci sono: il calendario degli impressionisti, un vecchio titolo di giornale – "La vedova accusa: Gallotti sapeva tutto" – ritagliato per ridere dalla cronaca nera, le scadenze di lavoro, la vignetta di Altan.

In questo paesaggio di sughero e puntine la faccia di Gallotti diventa subito identificabile grazie a semplici coordinate. Quando è al telefono, basta guardare undici gradi a nord-est dei giorni centrali del mese sul calendario degli impressionisti e trovi la gobba sul naso. Se mi parla di fronte, basta far scorrere lo sguardo sul bordo inferiore del giornale, leggere il titolo fino a "La vedova ac", ed ecco apparire la ruga sulla guancia.

Questa faccia di Gallotti, misto di pelle, occhiali, muro, pori e carta di giornale mi tranquillizza perché la riconoscerei dappertutto.

41
Bellobellissimo Lemon Lemon.
Una case history

Sorge un intoppo nel lavoro creativo alla Coprue & Partners agenzia di pubblicità.

L'incontro al ristorante esclusivo con Madolagio padre e Madolagio figlio va benissimo. I due free-lance si dimostrano elegantemente interessati al progetto Pavimentus e danno anche qualche idea brillante a Sterzi, che guida la delegazione dell'agenzia, sull'abbinamento calze-cravatta-pantaloni.

Purtroppo due giorni dopo arriva la notizia che padre e figlio sono stati rinvenuti nel bagagliaio di un'auto in una discarica, strangolati e con copie dell'Almanacco Nobiliare arrotolate in tutti gli orifizi.

Indagini successive appurano che i Madolagio stavano muovendo qualche leva per vendere il titolo di Re a un loro cliente (mediatore internazionale di abitazioni di lusso) suscitando la gelosia furibonda di un altro cliente (import-export di ostriche cerebralmente evolute) per il quale si erano limitati a Principe.

Si tiene una concitata riunione del Progetto Pavimento. "Chiamiamo degli altri free-lance" "Chi?" "Mi pare che quelli della *MediaMulta/e* non stiano lavorando in questi giorni" "Non stanno lavorando in questi dieci anni, vorrai dire" "Appunto, quindi sono disponibili" "Ok, chiamiamo loro".

La *MediaMulta/e* è composta da tre creativi, Pivo Nisa e Cozzi.

Tempo prima lavoravano proprio alla Coprue & Partners, dove minacciavano continuamente di andarsene. Un giorno sono stati licenziati e da quel momento non se ne volevano andare più.

Ne è derivata una causa in tribunale in cui Pivo Nisa e Cozzi hanno chiesto come buonuscita l'ammontare del debito pubblico italiano e l'agenzia ha offerto loro un cesto con prodotti tipici della Val Ramasca (cliente nella categoria turismo).

Dopo contrattazione (hanno ottenuto, nel cesto, anche una forma intera di Mufficchio, costoso formaggio della Val Ramasca), Pivo Nisa e Cozzi hanno accettato di togliere il disturbo.

In seguito si sono messi insieme, hanno dato vita a una piccola struttura di nome *MediaMulta/e* dove fanno campagne pubblicitarie, creatività pura, ma anche altre cose come il massaggio alla cervicale.

Vengono convocati Pivo Nisa e Cozzi. Gli viene chiesto un preventivo per lavorare su *BelloBellissimo Lemon Lemon.* Lo presentano. Vogliono un mese di tempo e un compenso di cinquantacinque milioni a testa per:

– elaborazione di una proposta creativa;
– disponibilità a rilavorare una sola volta dopo la prima presentazione al cliente per eventuali modifiche;

– se si renderanno necessarie altre presentazioni oltre la seconda, un milione al giorno (le spese vanno pagate a parte).

Dopo breve consulto, la Coprue & Partners fa una controproposta. Vengono offerte a Pivo Nisa e Cozzi due ore di tempo e centomila lire da dividere in tre per:

– creazione di due proposte creative di cui almeno una non copiata integralmente;
– disponibilità a rilavorare a oltranza finché il cliente non approva la campagna;
– oltre la centesima presentazione, un caffè della macchinetta (lo zucchero va pagato a parte).

Dopo contrattazione (strappano lo zucchero gratis) i tre free-lance dicono sì.

Allo scadere delle due ore Pivo Nisa e Cozzi escono esausti e felici dalla stanzetta che è stata loro riservata e sono pronti a presentare il lavoro creativo al gruppo Pavimentus.

L'idea è: *BelloBellissimo Lemon Lemon* visto dagli artisti.

La campagna consiste in una serie di affissioni murali di sei metri per tre dove si vedranno pavimenti disegnati nello stile di Dalì, Egon Schiele, l'urlo di Munch, Guttuso, Picasso, Matisse, Manet, Monet, Gondola.

E chi è Gondola? Gondola è l'artista che dovrebbe eseguire tutte queste opere, questi falsi d'autore, questi pastiches pittorici. Sì ma chi è? Un amico nostro, dicono Pivo Nisa e Cozzi, lavora anche con Bessato, il critico che va in tv.

Comincia una discussione su Gondola.

"Gondola non è famoso. Dalì Picasso eccetera sono famosi, ma lui?" dice il gruppo Pavimentus.

"Almeno è vivo. Può parlare, può andare in tv con Bessato" dicono Pivo Nisa e Cozzi.

"Sì, ma non è famoso. Cosa vuol dire che è vivo. Galileo è morto eppure la Gioconda è pieno così di gente che va a vederla. Ma Gondola chi lo caga?"

"La Gioconda è di Leonardo."

"Volevo dire Leonardo. Ma Gondola chi lo caga, torno a ripetere?"

"Gondola fa da tramite col mondo dell'arte. Dipinge e presenta al pubblico opere fatte alla maniera di Klimt, Kokoschka, Caravaggio e non è un caso che mettiamo anche Caravaggio, Chagall, la lattina di Andy Warhol, Klee, il periodo blu, Keith Haring, che rappresentano tutte un pavimento e di fianco c'è la confezione di *BelloBellissimo Lemon Lemon*. E come titolo: 'Pulito e profumato a regola d'arte'. Oppure 'Lindo e pinto', dove pinto sta naturalmente per dipinto."

"Non so non ci convince. Dovete rilavorare. Ci dovete dare un'altra idea, per contratto."

"Prima il caffè della macchinetta."

"Rilavorate bastardi. Vi diamo un'altra ora."

"Un'ora e mezzo."

"Un'ora e un quarto, prendere o lasciare."

"Ok."

Dopo un'ora e un quarto Pivo Nisa e Cozzi si ripresentano al gruppo Pavimentus. Stavolta l'idea è: scene tristi di film famosi che diventano scene allegre perché rigirate su superfici pulite con *BelloBellissimo*.

Cabaret con Liza Minnelli che torna da lui invece di partire, perché lavano la pensilina del treno con *BelloBellissimo, Incompreso* col bambino che guarisce perché lavano l'albero con *BelloBellissimo, La tragedia del Bounty* con uno che all'inizio lava il ponte del Bounty con *BelloBellissimo* e il capitano decide di partire tutti in pullman.

Claim riassuntivo di tutta la campagna: "Se il pavimento è pulito con *BelloBellissimo Lemon Lemon*, è bellissimo anche quello che succede sopra di esso".

Bel claim, forse un po' lungo, è il primo commento. E poi manca il limone, è il secondo commento.

Pivo Nisa e Cozzi si dicono disponibili a rilavorare anche subito, per esempio basta dire "Se il pavimento è pulito con *BelloBellissimo Lemon Lemon*, è bellissimo e profumatissimo, di limone, anche quello che succede sopra di esso".

Un lungo silenzio cala sui presenti.

Dopo la pausa qualcuno suggerisce a bassa voce che non è il caso di farsi prendere dalla fretta e dare subito un parere sulla campagna. Sì è vero, fa eco un'altra voce, ci dobbiamo pensare. La riunione viene aggiornata a data da destinarsi e comunque, precisa uno del gruppo Pavimentus, non prima dello sbarco umano su Marte.

C'è un'atmosfera di sospensione. Pivo Nisa e Cozzi si schiariscono la voce.

"Nessuno ha la cervicale?" chiedono i tre free-lance.

"Io" dice una donna del reparto account.

"Se vuole, abbiamo dietro il materassino. Mezz'ora di massaggio, cinquantamila."

"Quarantacinque."

"Quarantacinquemila più un caffè della macchinetta."

"Ok."

Il gruppo Pavimentus raccoglie fogli penne e documenti e lascia la sala riunioni, Pivo Nisa e Cozzi estraggono materassino e oli canforati, la donna del reparto account si sdraia sul grande tavolo sgombro e il massaggio ha inizio.

42
Cosa fai all'una, mangiamo qualcosa insieme?

"Non ne fate voi di quelle grandi campagne per cause sociali?"

"Tipo compra un fustino e salva una foresta?"

"Sì, o quelle sulle malattie, la peste, la scabbia, la guerra, le inondazioni, prendere qualcosa di negativo e legarlo a qualcosa di positivo, farne un gioco. Non so, un gratta e vinci per la lebbra, chiamarlo la crosta della fortuna, qualcosa così."

"Le malattie vanno bene ma ce ne vuole una tosta."

"Ovvio, si parte dalla paresi. Ti dico questo perché conosco un discografico e mi dice che ci sono le file di cantanti pronti, disposti anche alle foto tra i malati nel backstage, ad andare in zona di guerra, ma bisogna beccare l'iniziativa giusta, grossa. A parte l'aids, ovviamente che è intoccabile."

"Ormai l'aids è una proprietà Benetton."

"Hanno occupato loro quell'area lì. Dici aids e la gente pensa a Benetton, pazzesco. Hanno avuto un occhio. Scusa, ma cosa stai guardando?"

"Guardavo verso l'uscita il portaombrelli. Mi sa che mi han rubato l'ombrello."

"Te ne rubo uno io quando usciamo: ho fatto il militare e qualcosa ho imparato. Caffè?"

"Mmmmmsì grazie, con acqua calda a parte."

"Comunque promettimi che se ti viene in mente una malattia telefoni prima a me."

"Tranquillo."

43
Bellobellissimo Lemon Lemon. Una case history

Nemmeno alla Hax Corporation, multinazionale del pulito, si vivono giorni tranquilli.

Per questioni di uniformità, sono stati decisi dal quartier generale mondiale dell'azienda, a Kabetogama (Minnesota, USA), novecento licenziamenti in tronco per ognuna delle Hax Corporation del mondo.

Il numero di dipendenti della filiale italiana è novecentodue compreso Ponzi, l'amministratore delegato, che convoca subito il tavolo dei top manager alcuni dei quali arrivano già in ciabatte pronti per la casa di riposo.

"Non c'è motivo di allarmarsi, io dovrei rimanere al mio posto", dice Ponzi.

"E n-n-n-noi?" dice sbavando e lacrimando dagli occhi cisposi il Direttore Vendite, un uomo che fino a un quarto d'ora prima tutti temevano per la cattiveria e chiamavano l'ussaro.

"Vedrò di mettere una buona parola."

Tre ore dopo viene diffuso agli altri novecentouno dipendenti un foglio firmato Ponzi.

Cari amici,

solo due cose. Una: prima che vi giungano voci allarmistiche sul presunto ridimensionamento della forza lavoro della nostra società, vorrei portare un contributo alla chiarezza a proposito della situazione della nostra azienda che, come sempre in prima linea nella ricerca della soddisfazione del consumatore, ha impegnato tutte le sue forze nella creazione di un prodotto straordinario come *BelloBellissimo Lemon Lemon,* prodotto destinato a un successo senza precedenti nel nostro paese, soprattutto grazie alla vostra dedizione, al vostro entusiasmo e alla vostra capacità professionale che sono certo saprete mettere a frutto anche in altre aziende visto che qui vi segano. L'altra cosa: non telefonatemi a casa, io non posso farci niente.

Ponzi

Mentre nell'edificio della Hax Corporation (nove piani) rumoreggia la rivolta, arriva un fax da Kabetogama (Minnesota, USA) sul personal di Ponzi. È in inglese e Ponzi chiede aiuto alla segretaria. La traduzione lo lascia di sasso.

FAX FROM: Marvin Kueltchik (Head President Hax Corporation Inc.)
TO: Ponzi

Caro Filippo,

devo fare una precisazione sul numero dei licenziati. Per un errore di battitura della mia segretaria ti è arrivato un ordine che parla di 900 posti da tagliare. In realtà sono 9000, mancava uno zero.

Fin qui la precisazione.

Ora, veniamo al caso italiano in particolare.

So che voi avete in tutto 902 addetti. Per cui abbiamo due possibilità.

O assumi 8098 persone e le licenzi tutte il giorno dopo insieme alle altre 902 per raggiungere la quota 9000 stabilita dai nostri esperti di risanamento aziendale.

O facciamo figurare che eravate 10.000 fino a due mesi fa, che è più o meno la media delle filiali Hax sparse per il mondo, e quindi, essendo voi 902 oggi, è come se aveste già licenziato 9098 persone, 98 in più del dovuto, che a questo punto dovreste riassumere per uniformarvi alla media internazionale. Per motivi di praticità contabile, ti consiglio questa seconda soluzione.

Trova altre 98 persone e assumile assolutamente entro e non oltre giovedì 19 di questo mese, altrimenti ti troverai in contrasto con le procedure internazionali e saremo costretti a tritarti nel detersivo in polvere Dhuli che commercializziamo in Pakistan India e Bhutan e che tanti amministratori delegati ridotti in scaglie ha già ospitato nei suoi pratici fustini.

Scherzo: hai tempo fino a venerdì 20.

La forza della passione, la carriera della tua vita

Marvin

P.S. E mi raccomando per *BelloBellissimo Lemon Lemon*. Contiamo molto sull'Italia per il lancio del prodotto.

98 nuovi assunti invece di 900 licenziati!

Un'ondata di gioia travolge il top management che già si vedeva riunito sotto un ponte a grigliare topi di fogna. Ponzi recupera autorità, le ghiandole palpebrali del Direttore Vendite cessano di colpo di secernere cispa e con un'occhiata diritta sui suoi sottoposti egli fa capire che ora c'è bisogno di cattiveria come non mai, gli impiegati dagli stipendi alti si riaccoccolano sulle scrivanie come uccelli dopo una sbruffata di pioggia estiva, gli impiegati dagli stipendi medi restano senza dir niente, gli impiegati dagli stipendi bassi sentono indistintamente sapore di occasione svanita.

BelloBellissimo Lemon Lemon è di nuovo al centro della loro esistenza.

Si ricomincia a parlare del packaging, rifioriscono i discorsi sul cubo, sul bottiglione. La notizia dell'ultima ora è: pare che lo venderanno in fiaschi.

44
Cosa fai all'una, mangiamo qualcosa insieme?

"In futuro la gente non comprerà più un prodotto, ma il servizio legato a quel prodotto."

"Cioè?"

"Ti faccio un esempio. Io sto mettendo in piedi un servizio legato alle adozioni a distanza, quelle che si adotta un bambino in Africa purché rimanga in Africa, hai presente?"

"Sì, ho visto qualcosa in tv. Carinissimi."

"Ah, come bambini sono eccezionali. Bene, l'adozione a distanza sarà anche una bella cosa ma in sé e per sé dice poco. Paghi la tua quota, e ogni sei mesi ti arriva una lettera che dice il bambino sta bene, va a scuola eccetera."

"Sì."

"Ecco, io adesso con un socio vogliamo aggiungere il servizio, che è la vera carta vincente. Rendo l'adozione a distanza più viva, più tua."

"Cioè?"

"Funziona così. Se mi paghi un supplemento io addestro sul posto, in Africa, degli uomini che possono raggiungere fisicamente il bambino. Si informano giorno per giorno su quello che fa e ti telefonano ogni sera o quando vuoi tu, gli trasmettono quello che gli vuoi dire, a un tuo ordine lo premiano o lo puniscono. Ti fanno interagire insomma."

"Grande."

"Al limite a distanza lo puoi anche picchiare."

"Però."

"Non è necessario che lo picchi. Dico che puoi *anche* picchiarlo. E solo un'opzione in più, in fondo è tuo figlio, l'hai adottato o no?"

"Delle volte una sberla vale più di mille discorsi. Guarda, arriva la roba."

"È tuo il piattino spinaci carote patate?"

"No, io ho la tonno e pomodoro."

45
Entrate nel mondo del lavoro con le mani in alto, non vi sarà fatto alcun male

È notte.

Il mal di testa è una nuvola dura che si espande da dentro, si gonfia contro le bozze frontali, mi spinge fuori le ossa. Ho in bocca un sapore che avevo sentito solo nell'alito dei vecchi. Ho fatto una riunione di sedici ore. Quanti anni ho? Ha senso?

Questa dev'essere la famosa vita di cui sentivo parlare gli adulti: ci siamo staccati dalle alghe, ci siamo distinti dai rettili, abbiamo acquisito forma di mammifero, voluto il fuoco, lavorato i metalli, piegato la materia, usato la natura per arrivare a discutere sedici ore di un detersivo. Sono sostenuto da una forza che non è mia. Sono i nomi e i prezzi di mille prodotti a tenermi insieme, milioni di scatole colorate, tonnellaggi insigni di maionese e ammorbidente, tubi, bottiglie, vasetti, ricariche cartonate, una legione di oggetti decorati da infiniti codici a barre, confezioni e confezioni con apertura facile e tappo intelligente che studiano percorsi per scavarsi una strada, un camminamento che porti dritto dagli scaffali dei magazzini di stoccaggio alle dispense delle singole case, erodendo e raschiando nel passaggio monete e valori di scambio dai consumatori che incontrano lungo il tragitto. Vendere pena l'annientamento, requie solo dopo la stipulazione del contratto. Ci dev'essere una ragione se nella nostra lingua basta spostare una erre e CartaSì diventa catarsi.

46
Bellobellissimo Lemon Lemon. Una case history

Si avvicinano le scadenze, non c'è più tempo, *BelloBellissimo Lemon Lemon* deve uscire e non è pronto niente.

Il prodotto è da rifinire, lava alla perfezione ma se rimane al sole in quantità superiore al litro esplode, va rivisto un dettaglio nella formula chimica.

Non c'è l'etichetta, non c'è la definizione del prezzo, non c'è la confezione definitiva (il cubo è stato definitivamente respinto con sdegno dopo un pessimo test presso una famiglia di tre persone a Lione in Francia, adesso si parla di botticelle, di otri, di cornamuse) soprattutto non c'è la campagna pubblicitaria, non c'è una strategia di comunicazione.

Assolutamente necessario vedersi, troviamoci intorno a un tavolo, azienda e agenzia di pubblicità, ma non la solita riunioncina di due ore che lascia tutto come prima. Ci vuole un meeting.

Minimo due giorni pieni, con l'unione completa di tutte le persone coinvolte nel progetto *BelloBellissimo Lemon Lemon*. Quelli della Coprue & Partners che si devono occupare della campagna, delle promozioni, dei media (su quali media far uscire la campagna? Tv? Giornali? Radio? Affissioni murali? Tutti questi insieme?).

E quelli della Hax Corporation che stanno creando materialmente il prodotto, quelli del marketing, del packaging, delle ricerche e anche quelli che c'entrano solo di striscio, ma è importante che vengano anche loro a fare team, squadra, gruppo, insomma tutti tutti tutti.

Quaranta persone nostre e quaranta persone vostre, una task force gigantesca con l'obiettivo successo per atterrare insieme sul pianeta qualità, frase quest'ultima pronunciata da un assistente product manager che la famiglia sperava rimanesse nel tunnel della droga.

Seguono telefonate, fax ad alto e medio livello, per dare una risposta alla domanda: dove ci troviamo a fare questo supermeeting?

La possibilità di scelta non manca.

Si sa che Ponzi amministratore delegato della Hax Corporation possiede ville e tenute in mezzo Piemonte, si sa che D'Arfoglia Muacchia presidente della Coprue & Partners abita in tutto il centro di Milano, volendo ha una casa diversa al giorno per tutta la vita anche se poi ogni sera finisce per tornare sempre a dormire al solito Castello Sforzesco nella Sala del Cranio di Ferro.

Facciamo in campo neutro, si decide alla fine, in una bella località rilassante nel verde.

Si sceglie un posto riservato, carissimo, frequentato da pochi, aperto da un ex imprenditore edile che usa un ex calciatore come socio di facciata: una fitness farm di nome *Ex Novo*, sulla strada verso Varese. Una tenuta immensa, un posto splendido.

47
Cosa fai all'una, mangiamo qualcosa insieme?

"E com'è questo dottor Fricht, bravo?"

"È bravo a constatare decessi. Davanti a un cadavere sa come comportarsi: scuote la testa e dice purtroppo la natura ha seguito il suo corso, ma già se deve curare un callo va in crisi."

"Ma non lavorava in ospedale?"

"Sì, appunto: -ava. Ma sono anni che non ci lavora più. Tirava avanti con dei trucchi. Quando non sapeva cosa fare improvvisava. Diceva di stare male e correva a casa a ripassare sui libri di medicina. Chiedeva aiuto per telefono al padre, che era dentista in pensione e qualcosa si ricordava. Sperimentava sulla moglie, che aveva un centinaio di acciacchi, era affetta da tutto, gli faceva da consulente-cavia. E comunque non ne azzeccava una.

Alla fine quando è stato chiaro per tutti che il dottor Fricht era una specie di serial killer, ha preso il largo. È stato all'estero, in Africa pare, poi si sono calmate le acque, è uscita anche un'amnistia, quattro anni fa è tornato in Italia in silenzio e si è fiondato sul mercato delle fitness farm. E adesso è direttore sanitario all'*Ex Novo*."

"Hai capito, siamo in buone mani."

"No, ma il posto è ottimo. Il padrone è Zanario, quello che ha giocato anche nel Milan."

"Sì, ho letto un articolo."

"Fricht è innocuo ormai. Lo tengono lì perché a capo di una fitness farm deve figurare uno iscritto all'ordine dei medici ma non gli fanno fare niente. Gira, prepara dei beveroni, sorride, è molto gentile. E poi se ti abborda e chiede come va, basta dire: benissimo, e scappare."

48
Bellobellissimo Lemon Lemon. Una case history

Prepararsi al meeting!

La Coprue & Partners, agenzia di pubblicità, rigenera creativi, account e uomini dei media con un breve seminario tenuto da un guru della Dinamica Dilazionabile, disciplina tendente a fare in modo che uno non si arrabbi in ufficio e vada a farsi scoppiare il fegato a casa, con evidenti vantaggi per la produttività.

Il seminario dura un'intera giornata e insegna a far ruotare l'arco dei propri sentimenti intorno a domande semplici, relative a situazioni di piccolo stress lavorativo, e a condividere con gli altri le emozioni di questi momenti facilmente addomesticabili.

L'insegnamento del guru è: "Sei felice? Sono felice! Non sei felice? Non sono felice! Sei un idiota? Anch'io non scherzo! I miei obiettivi sono i tuoi obiettivi, eleva il livello delle tue aspettative e arriviamo io con te e tu con me! Condividere il successo e analizzare gli errori, slancio delle braccia in alto, e per finire: tutti insieme una corsa sui carboni ardenti che fa spirito di gruppo".

Alla sera la Dinamica Dilazionabile viene subito applicata durante l'ultima riunione del Progetto Pavimentus prima della partenza per la fitness farm *Ex Novo*.

Si buttano giù al volo iniziative promozionali legate a *BelloBellissimo,* da presentare alla Hax durante il meeting. Esempi: regalare strofinacci con disegnate carte geografiche, così si lava il pavimento e intanto si studia il percorso del week-end, regalare un portafoto da infilare sulla punta dello spazzolone così si guardano i propri cari durante le pulizie. Dire spazzolone scatena i presenti: perché non facciamo uno spazzolone apposta, che si vince con i punti? Diamogli una forma particolare, facciamo uno spazzolone con una sua personalità.

In capo a dieci minuti vengono annotate queste possibili forme per lo Speciale Spazzolone di *BelloBellissimo Lemon Lemon*: scettro del Re Sole, pastorale del vescovo, bacchettona magica (metri 1,60), punto di domanda, punto esclamativo, lunghissimo stick di deodorante con spray sulla punta che spande in giro il profumo di limone, asta di microfono con in cima un microfono vero per cantare insieme alla tv mentre si lava il pavimento, tastiera di chitarra per fare esercizi di diteggiatura, giavellotto. A queste proposte si aggiunge l'inevitabile.

"E a forma di cazzo?"

"No, è volgare."

"Ma come volgare, è un'idea fortissima."

"Lo spazzolone a forma di cazzo non possiamo proporlo."

"Ma han fatto l'accendigas a forma di scroto e pene, han fatto lo spazzetto del water e l'han chiamato merdolino, perché questo no?"

"Perché quello era un gioco, una citazione ironica."

"Una citazione ironica? Allora anche il mio spazzolone è una citazione ironica, anzi lo chiamiamo scazzolone che fa più simpatia, friendly. Perché no?"

“Perché sulle pulizie di casa non si scherza.”
“Non capite una sega, in America mi accetterebbero l’idea.”
“Allora vai a lavorare in America, idiota. Sei felice?”
“Sono felice.”

Dal canto suo per preparare il meeting, la Hax Corporation, multinazionale del pulito, apre ai suoi uomini nuovi orizzonti verso le discipline orientali: li sigilla full-immersion in un seminario tenuto da un monaco buddista che tace quattro ore e se ne va.

49
Entrate nel mondo del lavoro con le mani in alto, non vi sarà fatto alcun male

È notte.

Durante il giorno un vecchio maestro zen colmava i suoi occhi della visione di un bel mandorlo in un giardino.

E sorrideva.

La notte il mandorlo era nascosto dall'oscurità. Ma il maestro zen fissava ugualmente in quella direzione e sorrideva sempre.

Una notte il suo discepolo lo sorprese nella tenebra più fitta e gli disse: "Sorridi perché sai che il mandorlo c'è ancora, vero?"

"No," disse il vecchio maestro "sorrido perché sono io che ci sono ancora."

Questa favola non è zen. L'ha inventata Tiraboschi.

E se volete sapere gliel'ho corretta io. Perché originariamente non era così. La versione di Tiraboschi finiva col vecchio rimbambito che rispondeva: "Sì, esatto, sorrido perché come dici tu il mandorlo c'è ancora, sei un ottimo secondo e a volte i secondi dovrebbero far carriera rapidamente".

Tiraboschi è il mio secondo, un lecchino di prima forza.

Adesso che questa menata dello zen in azienda è diventata obbligatoria, bisogna fare un haiku o una parabola alla settimana e presentarli in Direzione Vendite.

Tiraboschi ci sguazza, fa il saggio, l'orientale, quello che cerca l'equilibrio interiore, quello che ha dentro l'immagine-guida.

Io lo so cos'ha dentro.

Ha la bestia che urla: carriera! stipendio! fringe benefit!

A me non la racconta. Io lo so cos'è l'unica immagine-guida che ha nella mente: la mia testa su una picca e i miei bonus nelle sue tasche.

"Tiraboschi sei una merda" gli ho detto ieri mattina.

E lui: "L'allodola si specchia nel lago".

E io: "Il guerriero più grande è colui che conquista se stesso, gli altri ce l'hanno nel gnao".

E lui: "Sono un samurai".

Non lo so, a questo punto spero solo che mi mandino in pensione presto.

50
Bellobellissimo Lemon Lemon. Una case history

Dépliant della fitness farm Ex Novo

Adagiata come una bella donna su una montagna, la fitness farm *Ex Novo* si stende su una collina. Punto d'incontro tra medicina naturale e relax, la fitness farm *Ex Novo* vi offre le più moderne strutture sanitarie, il personale più qualificato, l'accoglienza più completa per soddisfare ogni vostra esigenza. La salute non è un optional.

Tra i nostri servizi: Vasca Vip, body rotation (massaggio nei trucioli), fienagione del sé, esami K.E.R.K. e K.O.R.K., lifting proteico, reazione trifacciale, maschera in ceramica, trapianto del bulbo, riduzione a mosto, operatori con pertica pulmo-cardio-nefro-oculo-otobucco stimolante, centro massaggi, salone spurghi, stanza brodi, cassaforte, vigilanza armata.

E nei momenti di relax, l'assistenza del Dottor Naturalia: il professor Fricht elaborerà per voi la Tisana Mirata, che agisce sulle molecole del vostro personale dna.

Per curarsi, riposarsi, o per vivere incontri professionali in un ambiente soft dove ritrovare concentrazione e tranquillità, la fitness farm *Ex Novo* è un address sicuro dove assaporare il piacere della serenità.

Swimming pool, tennis, squash, golf, solarium, tre ristoranti: *L'Erba* (per lo spuntino di mezzogiorno), *L'Erba e il Fascio* (per la sera elegante), *La Biada Sinergica* (riservato alle diete curative).

General Manager: Annibale Zanario, 241 presenze in serie A, 6 gol. Cresciuto nella Padellese. Monza, Milan, Ascoli, Bologna, Lazio, Avellino, Triestina, Catania e ancora Padellese costituiscono il prestigioso biglietto da visita del noto ex centravanti, un uomo di sport che ha fatto della cura della mente, del corpo e del suo indimenticato piede destro una ragione di vita.

Direttore sanitario: prof. Kögel Fricht, specialista del corpo umano, libero consulente all'Università Sankt Jacobus di Libreville (Gabon).

La fitness farm *Ex Novo* si raggiunge con l'autostrada Milano-Laghi. Uscita Castellazzo, seguire indicazioni per la Svizzera fino in località Le Quaglie. Km 48 da Milano, km 121 da Torino, km 4880 da Libreville.

Vi attendiamo.

51
Cosa fai all'una, mangiamo qualcosa insieme?

"Sapete che Zanario è quello che ha segnato sei gol in tutta la carriera e tutti nella stessa partita?"

"Ma va'?"

"Saranno quindici anni fa. Giocava nell'Ascoli, non so che partita era, Ascoli-Fiorentina Ascoli-Sampdoria qualcosa del genere, Zanario ha fatto sei gol e alla fine l'Ascoli ha perso sette a sei."

"Bello. E quand'è che partite?"

"Domani mattina presto, l'appuntamento è alla reception della fitness farm alle 9."

52
Bellobellissimo Lemon Lemon. Una case history

Sabato mattina ore 9.30, fitness farm Ex Novo. Sala grande per meeting La Frasca, 90 posti.

Dalle finestre entra un bellissimo sole, si vedono le cime degli alberi e c'è profumo di campagna. Tutti seduti su sedie di paglia in questa grande e fresca sala, il gruppo Coprue & Partners agenzia di pubblicità e il gruppo Hax Corporation, multinazionale del pulito.

C'è aria di esperimento inconsueto, eccitazione, informalità, primo giorno di scuola. Molti uomini hanno tirato fuori le polo da tennista rosse galline amaranto blu elettrico, molte donne hanno i sandali. Si vedono òmeri, gomiti, dita dei piedi di cui in azienda si è ignorata la fisionomia per anni.

Non ci sono stati preliminari, tutti sanno tutto. Deve saltar fuori la comunicazione vincente per *BelloBellissimo Lemon Lemon* entro il week-end, ci sono quaranta ore di tempo.

Allora, da capo, facciamo chiarezza, stabiliamo i punti fermi, mettiamo dei paletti altrimenti non ci si raccapezza più. Poi ci divideremo in commissioni di lavoro e ci ritroviamo tutti insieme per la riunione finale.

"Partiamo dall'unica cosa sicura, il prodotto: *BelloBellissi-*

mo Lemon Lemon, detersivo liquido per pavimenti profumato al limone" dice il gruppo Coprue & Partners.

"Perfetto. C'è un'unica cosa da verificare: non è ancora sicuro che il limone sia la profumazione scelta" dice il gruppo Hax Corporation.

"Come sarebbe?"

"Il megacapo in America ha un figlio di vent'anni che la settimana scorsa ha mangiato una buccia di limone e gli è venuta un'allergia piuttosto seria. Questo gli ha fatto venire dei dubbi pazzeschi sul limone. Hanno bloccato tutto, stanno discutendo."

"E noi come facciamo?"

"Per ora possiamo concentrarci sul discorso igiene, e mettere in secondo piano il discorso limone. Quando poi si sblocca il discorso limone, o un altro profumo che sarà scelto, lo inseriamo nel discorso comunicazione. E del resto secondo noi alla fine il discorso limone resterà valido."

"Non potete avere qualche informazione adesso?"

"Bisognerebbe telefonare a Kabetogama nel Minnesota, sentire Ronnie."

"Adesso nel Minnesota sono le tre e mezzo del mattino. Ronnie sarà a casa a dormire."

"No è sveglio. E sveglio ed è in sede che lavora. Siccome Ronnie è l'incaricato per i contatti con l'Italia, lo fanno vivere con il fuso orario italiano, lavora di notte e dorme di giorno. La moglie si è suicidata coi calmanti."

"Ah, però. Allora già che è sveglio, dategli una voce."

"Ok, intanto volete qualcosa al bar? Non è male la Focaccia Bioetica."

Sabato mattina ore 10, fitness farm Ex Novo. Sentierino Entropia.

Ci si è divisi in commissioni, in sale più piccole: studio packaging ed etichetta, studio piano media, studio creatività. Un gruppo della Hax Corporation si mette in contatto con Ronnie nel Minnesota per chiarire il discorso limone. Sterzi, responsabile della delegazione Coprue & Partners, fa un giro da solo per i vialetti della fitness farm.

Ospiti, infermiere, gruppi con attrezzi sportivi. Incontra un uomo dall'aria distinta e sofferente, vestito di velluto bianco. Barba grigia, sorriso triste, sguardo umido, condizione generale di malessere facoltoso, aria di disturbi selezionati.

"Ruggeri!"

"Sterzi, ciao."

"Quanti anni sono, vent'anni che non ci vediamo?"

"Direi ventidue."

"Come stai, Ruggeri."

"Sto qua. Hanno detto che ho bisogno di riposo. È vero, ma non ce la faccio più a dormire. Vorrei lavorare e non posso, vorrei riposare e non riesco. E non ci riuscirò più, ho scoperto tutto. Non sono umani. Sono extraterrestri."

"Non ho capito Ruggeri, scusa. Cosa stai dicendo?"

"In azienda da me, non sono umani. Sono venuti da un altro pianeta, hanno assunto sembianze umane per spiarci da vicino. Ho fatto per tutta la vita un lavoro di copertura e me ne sono accorto dopo trent'anni."

"Ma cosa stai dicendo?"

"I sospetti li ho avuti quando mi sono reso conto che niente di ciò che facevo aveva senso, nessuna azione della mia azienda era coerente con se stessa, ciò che mi ordinavano era veramente come nella barzelletta, scavare un buco oggi e riempirlo domani. Pensavo che fosse un problema di incomprensione dovuto alla grandezza dell'azienda, alla distanza dalla casamadre, tipico delle multinazionali, e invece sono andato alla sede centrale e ho capito che neanche lì c'è un senso. Pensavo che al centro della nostra organizzazione ci fosse, idealmente, la sala del comando con dentro Dodici Grandi Manager. Invece è come se al centro ci fosse una grande stanza vuota spazzata dal vento, con dentro un prisma che rifrange i raggi del sole in direzioni casuali. È così che partono gli ordini dei nostri capi, in direzioni casuali. Hanno imparato a imitare i suoni delle nostre parole, sanno fare le nostre facce, sanno essere simpatici o antipatici a seconda dei casi, sono perfetti. L'unica cosa che non conoscono è il lavoro che fanno, semplicemente perché non gli interessa. Tenerci occupati per esaminare il nostro comportamento sotto stress, ecco l'unica cosa che gli interessa. I capi mondiali della mia azienda sono scienziati extraterrestri in missione. Tu non ci credi, immagino, ma ciò che ti dico è realtà."

Sterzi guarda gli occhi dell'ex collega, le occhiaie. Guarda il vestito bianco, l'ambiente da clinica intorno, due signorine con la divisa blu dell'*Ex Novo* che si avvicinano sorridendo.

"Dottor Ruggeri, buongiorno."

"Ciao Stella, questo è un mio amico" dice Ruggeri.

"Buongiorno" dice la ragazza.

"Buongiorno" dice Sterzi.

"Non ti dico il nome se no blindate qui anche lui" dice Ruggeri.

“Tanto il nome del signore sarà già segnato da qualche parte. Ah ah” dice la signorina.

“Ah ah” dice Sterzi.

“Ciao Sterzi, adesso ho la terapia, devo andare.”

“Aspetta Ruggeri, magari mangiamo qualcosa insieme in un break, vediamoci prima di andare via. Io resto qui fino a domani tardo pomeriggio-sera, tu quando riparti?”

“Eh quando riparto, buona questa. Ciao Sterzi, stai bene.”

Le signorine accompagnano via il degente, Sterzi resta solo sulla ghiaia del vialetto.

Sabato pomeriggio ore 14, fitness farm Ex Novo. Sala convegni La Fraschetta, 40 posti.

Tutto sistemato. Il figlio del megacapo della Hax Corporation multinazionale del pulito è guarito dall’allergia, il limone si può usare. *BelloBellissimo Lemon Lemon* esisterà.

Dopo tre ore di discussione accanita su ogni parola e dopo uno snack di malva, purè di ceci e caramelle di sansa, si arriva alla stesura definitiva del documento che servirà da base ai creativi per elaborare la comunicazione pubblicitaria.

Uno della Coprue & Partners ha in mano dei fogli pieni di cancellature e abrasioni e legge in un silenzio carico di tensione i concetti fondamentali su cui sarà finalmente costruita la più grande campagna della storia dei detersivi.

“Allora, rileggo da capo e vediamo se siamo d’accordo su tutto. Nome del Prodotto: *BelloBellissimo Lemon Lemon*. Ok?”

“Mgnsì” grugnisce il gruppo Hax Corporation.

“Secondo punto: Cosa Fa Il Prodotto? E qui descriviamo le sue qualità intrinseche. Abbiamo concordato: ‘Egli è un buon pulitore-profumatore di pavimenti. Se vogliamo, è il vero pulitore-profumatore di pavimenti'. Giusto?"

"Manca 'unico'" dice una voce.

"Ah sì. 'Se vogliamo, è il vero e unico pulitore-profumatore di pavimenti'. Ok?"

"Mmsì."

"Terzo punto: In Che Modo Il Prodotto Mi Seduce? E qui descriviamo i benefici personali che il prodotto dà alla singola consumatrice. Abbiamo concordato: 'Egli rinnova in me, giorno dopo giorno, l'esultanza per un pavimento pulito e profumato'. Ok?"

"Sì."

"Quarto e più importante, The Creative Focus: quello che sarà il cuore del nostro discorso pubblicitario. Abbiamo concordato, attenzione che è il passaggio basilare e non è facilissimo, è il senso complessivo di ciò che dobbiamo esprimere nella campagna: 'Io e il mio *BelloBellissimo Lemon Lemon*, ma come dico io e per me stessa, il pulito come lo decido io, che credo nei valori morali, per chi amo e per chi è vicino a me. La qualità'. C'è tutto?"

"Il limone."

"Giusto, scusate. 'Inoltre, sa di limone.'"

"Perfetto."

Il documento è approvato! Si brinda con la malva, si fa un ultimo giro con il purè di ceci, adesso tocca ai creativi, ci aspettiamo un ottimo lavoro, del resto le premesse ci sono tutte, in bocca al lupo, ci dividiamo in commissioni, packaging, media, eccetera e ci rivediamo qui. Per il momento c'è un bagno qui vicinissimo?

Sabato pomeriggio ore 15, fitness farm Ex Novo. Sala riunioni La Fraschettina, 20 posti.

La commissione packaging è al lavoro. Scartata la cornamusa, una ingegnosa sacca con cannule da cui si poteva mungere BelloBellissimo Lemon Lemon nel secchio delle pulizie come latte da una vacca, restano in gara un brik di cartone a forma di parallelepipedo, un normale bottiglione in plastica e il sistema Meteo, brevettato da uno svizzero.

Il sistema Meteo consiste in una lastra di metallo da fissare al soffitto e nel fatto che BelloBellissimo Lemon Lemon venga venduto in un umidificatore.

L'umidificatore emette nella stanza calde nubi di BelloBellissimo Lemon Lemon, la lastra di metallo freddo le raccoglie, le fa condensare e a un certo punto piove detersivo liquido su tutto il pavimento.

Con un ventilatore si possono ottenere anche intensificazioni del fenomeno piovoso sui punti dove lo sporco è più tenace e, se le macchie sono proprio ostinate, fulmini al limone. La soluzione è giudicata altamente innovativa ma accantonata perché durante gli ultimi collaudi si sono verificati piovaschi improvvisi durante la notte sulla faccia dei collaudatori dormienti. "Prevedere il tempo è sempre un'impresa" si è giustificato lo svizzero mentre veniva congedato.

Restano il brik e il bottiglione.

"Sono troppo normali per un prodotto così rivoluzionario" si dice subito.

"Sì, però sono comodi. E sono già pronti" si dice quasi subito.

"Forse con un'etichetta strepitosa si possono ravvivare."

"Forse sì."

Bussano alla porta, entra un uomo erculeo in sandali tedeschi e un sorriso contagioso.

"Ha bisogno?" dice una della Coprue & Partners.

"Sì, ho bisogno. Ho bisogno di voi come voi di me. Avete già fornito cortesemente i vostri dati per la Tisana Mirata? Sono il dottor Fricht."

Sabato pomeriggio ore 17, fitness farm Ex Novo. Sala riunioni La Talea, 20 posti.

Si parla di piano media, cioè dei mezzi di comunicazione su cui dovrà essere programmata la campagna *BelloBellissimo Lemon Lemon*. Per l'occasione la Coprue & Partners ha invitato a tenere una conferenza un consulente media famoso in tutto il mondo, John Germox.

Germox diventò un nome quando per lanciare *Cioppo Ciappo* e *Cippo*, pupazzetti in gomma morbida per la prima infanzia, consigliò di comprare duemila spazi televisivi su Pork Channel, una pay-tv porno vietata a Singapore per eccesso di sozzeria, che ora trasmette in chiaro da Riva del Garda.

"Il consumatore che la notte si stronca di pippe davanti alla tv è lo stesso che di giorno compra lo snack ai cereali per il figlio che va a scuola, perché non ricordargli di comprare dei pupazzetti anche in un momento a luci rosse," sostenne Germox, "senza contare che su Pork Channel ti aspetti di tutto tranne che di vedere uno spot per *Cioppo Ciappo* e *Cippo*. E uno choc, ti scuote, ti sorprende. E di sorprese in questo mondo ce ne sono così poche che quando ne incontri una ti resta in mente. E restare in mente è lo scopo della pubblicità."

Visto il successo, John Germox provò lo stesso meccanismo al contrario.

Comprò tutti gli spazi pubblicitari durante i programmi pomeridiani per i più piccoli *Aulìulé*, *Ghiri-ghiri* e *Bibò il criceto* e mandò in onda all'ora della merenda la campagna di *Funziona la mazza?*, la prima enciclopedia pornomedica per la famiglia.

Fu un altro successo ma meno esplosivo. "Per forza, non c'era poi questa grande differenza di voltaggio erotico tra lo spot di *Funziona la mazza?* e certe avventure di *Bibò il criceto*, non abbiamo tenuto conto che i bambini sono dei grossi porci," si giustificò Germox, "così mancò lo choc, la sorpresa."

"E per *BelloBellissimo Lemon Lemon*, che spazi pubblicitari consiglia?" gli si domanda al termine della conferenza.

"Non ha senso parlare di piano media prima che esista la campagna. Le due cose vanno elaborate insieme" dice Germox. "Mi metterò al lavoro non appena i creativi avranno presentato il primo abbozzo. Credo che sia questione di minuti."

Sabato pomeriggio, stesso momento, fitness farm Ex Novo. Saletta workshop Il Peduncolo, 5 posti.

I quattro creativi della Coprue & Partners comandati alla bisogna sono accasciati per la disperazione. In tre ore non gli è venuto in mente niente.

Uno dei quattro è riverso in un lago di ceci.

Su una parete è appeso un foglio con il brief, che è il riassunto delle cose da dire nella campagna. Qualcuno ha fatto un doppio giro di pennarello rosso intorno a The Creative Focus, il nocciolo del discorso.

"Io e il mio *BelloBellissimo Lemon Lemon*, ma come dico io

e per me stessa, il pulito come lo decido io, che credo nei valori morali, per chi amo e per chi è vicino a me. La qualità. Inoltre, sa di limone."

"Non so come spiegarmelo, mi sembra di essere diventata scema, ma ho la testa completamente vuota" dice una ragazza a Sterzi, entrato per vedere a che punto sono i lavori.

"E sì che è il brief più chiaro che abbiamo avuto quest'anno" dice quello immerso nei ceci.

"Niente paura ragazzi, c'è tempo fino a domani alle sei, spremetevi che qualcosa verrà fuori" dice Sterzi ed esce di corsa.

Sabato pomeriggio ore 18, fitness farm Ex Novo. Pausa lavori al piccolo bar Nutrikon.

"Da mangiare veloce cos'ha?" dice un medio manager.

"C'è questo toast interfacciabile con cetriolini ergonomici" dice l'operatore nutrizionale.

"Ottimo, me ne fa due. Le chiedo una cortesia: per motivi contabili, preferirei pagare i toast con la carta di credito e i cetriolini cash. Problems?"

"Le faccio due ricevute diverse, no problem."

Sabato pomeriggio ore 18, fitness farm Ex Novo. Camera di Sterzi, nell'ala fucsia.

Sterzi è aggrappato al telefono.

Sta parlando con un convento in Umbria, dove vivono i Padri Strategici, un ordine di frati che invece di lavorare la terra fanno campagne pubblicitarie. Sono molto bravi e hanno vinto parecchi premi nel settore per la qualità creativa del loro lavoro. In casi come questo, fanno da free-lance d'emergenza.

Sterzi legge il documento di *BelloBellissimo Lemon Lemon* e il Padre Strategico all'altro capo del filo mostra di aver afferrato al volo.

Sterzi si raccomanda di fare presto: "Dobbiamo presentare al cliente praticamente adesso e non abbiamo niente". Implora di inventargli al volo una campagna geniale e mandargliela per fax entro la sera tarda. Il Padre Strategico dice che vedranno quello che possono fare e che pregherà per lui. "No, sono io che prego voi, vi scongiuro, pietà" dice Sterzi prima di riappendere.

Sterzi si stende sulla poltrona biodinamica in dotazione all'arredamento. Ha il respiro affannoso, gli sembra addirittura che il suo petto produca dei leggeri crepitii. Ascolta meglio, il crepitio c'è ma viene da fuori, qualcuno sta picchiettando ai vetri della sua stanza al primo piano. Sterzi si alza e va alla finestra.

Giù c'è una figura imponente, con un cappello a tesa larga che nasconde il volto. Ha in mano una lunga foglia di felce che sta strusciando sui vetri.

"Cerca me?" dice Sterzi aprendo la finestra.

L'uomo alza il volto sorridente.

"Cerco lei come lei sta cercando me. Ha già dato cortesemente i suoi dati per la Tisana Mirata? Sono il dottor Fricht."

Sabato sera ore 19.30, fitness farm Ex Novo. Grande bar Il Verde Pianoro.

È una fresca ora dell'aperitivo. Le due delegazioni, Coprue & Partners agenzia di pubblicità e Hax Corporation multinazionale del pulito, si sparpagliano quasi al completo per i tavolini del grande bar. Nuclei duri di lavoro sono rimasti asserragliati nelle rispettive salette e si faranno vedere, forse, solo per la cena.

La truppa delle due aziende si mischia volentieri sotto le volte illuminate, si intrecciano i discorsi, si confrontano mansioni, si arguiscono privilegi.

"Io sono pragmatico, non mi vergogno di dirlo."

"Anch'io sono nata a Milano, da sempre."

"Noi puntiamo il mercato estero come il cane l'albero."

"Io se penso 'estero' penso alle altre aziende. Quando sono in qualsiasi filiale della mia azienda, che sia qui, in Argentina, in India, in Germania, mi sento sempre in patria. Anche per il mangiare, mi va bene tutto."

"Io sono vegetariano, ma un po' di tacchino logicamente lo mangio."

"Stasera a cena vengono anche i capissimi, ho sentito."

"Sì, Ponzi e D'Arfoglia Muacchia. Chissà se Ponzi porta l'amante o il cane. Perché si odiano, dico l'amante e il cane."

"Come vi trovate con D'Arfoglia Muacchia?"

"È uno che non sopporta di essere secondo in nessuna occasione. La prima volta che ci siamo incontrati è stato a Roma e siccome io venivo da Milano e lui da Londra, per riconoscerci all'aeroporto, al telefono gli ho detto: avrò sottobraccio il New York Times. E lui: ah sì? e io avrò sottobraccio il direttore del New York Times. E ce l'aveva davvero."

"Ho sentito dire che ha pagato il pranzo di nozze della figlia usando i buoni-pasto dell'azienda, è vero?"

"Pare di sì, cinquemila buoni-pasto."

“Da voi quanto valgono i buoni-pasto, cinquemilacinque?”
“Seimila.”
“Però.”
“Resti tra noi, ma l’Occidente è in crisi.”

Sabato sera ore 21, fitness farm Ex Novo. Ristorante L’Erba e il Fascio.

Ponzi, amministratore delegato della Hax Corporation multinazionale del pulito, ha poi portato il cane. Quadrupede e manager fanno un ingresso di grande suggestione nell’ampio ristorante provocando genuflessioni.

D’Arfoglia Muacchia, presidente della Coprue & Partners agenzia di pubblicità, attende la coppia di campioni fermo e splendente al centro della sala come un principe attende la sua bella e li scorta al tavolo degli altri capi minori che già scodinzolano con l’aperitivo.

“Credevo fossimo di più” si guarda attorno Ponzi.

“Molti stanno ancora lavorando” dice D’Arfoglia Muacchia.

“Ho sentito di un paio che non si sono sentiti bene, forse il freddo, forse non han digerito una tisana, niente di preoccupante” spiega un capo minore.

“Non c’è neanche Sterzi?” dice Ponzi.

“Lavora. Con quello che lo paghiamo ci mancherebbe. Bel cache-col che hai su” dice D’Arfoglia Muacchia.

“Settanta milioni in saldo a Londra” dice Ponzi.

“Te la sei cavata ancora con poco. Io per la mia armatura medievale ho tirato fuori il doppio. Ha gomiti e ginocchia servoassistite elettronicamente, le sospensioni idrauliche, è un gioiellino, non ti accorgi di averla su, però: se mi è costata cara."

"Ma la usi?"

"Giusto quando gioco a tennis."

Arrivano gli antipasti: crocchette di carote rupestri su un canapè misto di asparagi e cotone (in semi).

Sabato sera ore 22, fitness fami Ex Novo. Saletta workshop Il Peduncolo, 5 posti.

Sterzi sta passando in rassegna il risultato di queste ore di lavoro creativo. Dai e dai, un'idea per la campagna alla fine è venuta fuori: si vede una donna che lava il pavimento con *Bello-Bellissimo Lemon Lemon* e poi dice: "È pulito". Da una finestra spunta una vicina e dice: "E sa di limone".

"Non è male. Si può semplificare?" dice Sterzi.

"Esempio?" dice un creativo.

"Non so, far dire tutte e due le frasi alla donna che lava il pavimento: 'È pulito e sa di limone'."

"Abbiamo messo la vicina per fare socialità."

"Sì sì, la vicina va benissimo. Ma potrebbe solo essere lì e sorridere."

"Se no, potremmo far dire tutta la frase alla donna e poi far ripetere dalla vicina 'Sì, sa davvero di limone'" dice una creativa.

"Perché no. Vedi che così comincia ad animarsi?"

Silenzio.

"Quand'è la presentazione?"

"Domani pomeriggio alle sei. Poi di sera Ponzi parte, va in America a far vedere la campagna alla casamadre, quindi" dice Sterzi e dopo il quindi tace.

Silenzio.
"Quindi cosa?" dice il creativo.
"Quindi c'è tempo" dice Sterzi.
"Be', non troppissimo."
"No, non troppissimo."

Sabato sera ore 23, fitness farm Ex Novo. Ristorante L'Erba e il Fascio.

In ultimo sono stati serviti un sorbetto al ciliegio, ricavato proprio dal tronco, e una delicata mousse a due gusti: vaniglia e manzo, un manzo abbattuto con metodi naturali non violenti. Sono state mostrate foto del bovino consenziente alla propria riconversione in dessert ed è stato inviato un messaggio di solidarietà agli altri capi di bestiame.

Si sgombrano i tavoli dalle ultime tracce di cena, è stato annunciato un aggiornamento prima della notte.

D'Arfoglia Muacchia prende un microfono e spiega un progetto a sorpresa elaborato di nascosto dalla Divisione Informatica Coprue & Partners per gli amici della Hax Corporation. È un'iniziativa destinata a suscitare scalpore al prossimo Pulitor, l'annuale mostra dei prodotti per la pulizia della casa, dove *BelloBellissimo Lemon Lemon* sarà presentato ufficialmente al pubblico.

"Ebbene," dice D'Arfoglia Muacchia con un'enfasi sapiente da grande istrione ammaliatore, un tono che gli viene sempre quando non sa di cosa sta parlando "al Pulitor, il salone dei prodotti per la pulizia della casa, per presentare *BelloBellissimo Lemon Lemon* in un modo mai visto prima, allestiremo uno stand di Realtà Virtuale!"

Applauso dirompente di tutta la sala, D'Arfoglia Muacchia cede la parola a un tecnico che cala uno schermo dal soffitto e fa partire grafici e diapositive.

La cosa funzionerà così.

In prossimità dell'ora di chiusura del Pulitor, verso le sette, gli operatori dello stand di *BelloBellissimo Lemon Lemon* invitano le visitatrici a un tuffo nella realtà virtuale.

Le massaie indossano un casco-visore e guanti di gomma a stimolazione sensoriale, e viene messo loro in mano un sofisticato simulatore di spazzolone.

Il tutto è collegato a un computer.

Si fa partire il programma e nel casco-visore appare davanti agli occhi della massaia una schermata di opzioni che lei può selezionare cliccando con lo spazzolone nello speciale secchio virtuale.

La massaia può scegliere tra quattro superfici: il pavimento della Casa Bianca (marmo), il pavimento della casa dell'attrice Wynona Woodworf (ceramica), il pavimento dell'atelier della stilista Popa Cicio (parquet), il pavimento del famoso "Studio 3", sede del talk-show televisivo di Nanno Marchionda (linoleum).

Compiuta la scelta, ecco che nel casco-visore accade il miracolo: appare l'ambiente! e la massaia comincia a fare le pulizie con impressionante realismo.

Può andare avanti e indietro come le pare sul suo pavimento preferito, può girare negli angoli, curiosare sotto i cuscini dei divani, spolverare i soprammobili, insomma vivere da protagonista, sia pure per qualche minuto, in un ambiente che l'ha fatta sognare. Tutto ciò grazie a *BelloBellissimo Lemon Lemon*.

Grafica tridimensionale, suono avvolgente, dispositivo di

stimolazione nasale per il profumo al limone, insieme a picco-le varianti che il computer inserisce a caso (nella Casa Bianca si può sentire la voce del Presidente degli Stati Uniti che dice da un'altra stanza: tesoro, se telefonano fatti dire chi è, vado in bagno) danno l'impressione di vivere realmente l'esperienza.

Il viaggio dura circa mezz'ora, al termine la massaia si toglie casco e occhiali, restituisce spazzolone e secchio ai tecnici dello stand, che la fanno riposare per alcuni minuti su una poltrona.

Lo stand appare stranamente più pulito di prima ed è pronto per il giorno successivo.

Si accendono le luci in sala, il grande ristorante esplode in un'ovazione.

Entusiasmo, brindisi, complimenti, certezza di vittoria, orgoglio aziendale, abbracci a tutti, tantissimi omaggi a D'Arfoglia Muacchia, a Ponzi e al cane che alla fine si spazientisce e azzanna la mano di un product manager il quale col respiro mozzo riesce a buttarla sul ridere (una volta tornato a Milano tre punti di sutura, antirabbica e lite con la moglie), e appuntamento per l'indomani con una parola d'ordine: il nostro futuro è già cominciato.

Notte tra sabato e domenica ore 0.30, fitness farm Ex Novo. Sala riunioni La Fraschettina, 20 posti.

Riunione di una parte della delegazione Coprue & Partners, agenzia di pubblicità. Si lavora, l'atmosfera è febbrile, aria di stanchezza, ansia da troppa roba da fare. Qualcuno divora uno snack industriale preso in autogrill e gli vengono subito i brufoli. È guardato comunque con invidia e odio. Si fa la conta delle nuove idee, se ce ne sono, da presentare al cliente domani.

Vediamo.

Qualcuno ha trovato una nuova definizione di prodotto per *BelloBellissimo Lemon Lemon.* L'attuale "Detersivo profumato per i pavimenti" è triste, oltre a non essere originale. Lanciamolo come il primo Usa&Annusa. Carino, dice subito un altro e propone di chiamare la protagonista dello spot Ann. In questo modo fioriscono frasi come Ann Usa Usa&Annusa. Oppure Ann Annusa Usa&Annusa eccetera. Per un colpo di fortuna supplementare tutto ciò potrebbe svolgersi negli USA. Da qui, In USA Ann Usa Usa&Annusa, o Cosa Usa Ann In USA? Usa&Annusa!

Dal gruppo dello studio sui media c'è l'idea per un nuovo tipo di affissione murale: un pavimento di vere piastrelle appiccicato ai muri, negli appositi spazi di sei metri per tre, con sotto degli attori muniti di spazzoloni lunghissimi. Si sporca il pavimento ogni mezz'ora spruzzando liquami piuttosto densi da uno speciale otre sopraelevato e quando si è raccolta abbastanza folla, gli attori lavano il pavimento verticale con gli spazzoloni lunghissimi intrisi di *BelloBellissimo Lemon Lemon.* "Quanto costa l'operazione?"

"Per tutta l'Italia, novecento miliardi compresi otri e liquame."

"Troppo."

"Peccato, una buona idea bruciata."

Dal gruppo del packaging una buona notizia: il dottor Fricht è stato colpito alla testa da un sasso lanciato da ignoti e per tutta la giornata di domani dovrebbe essere fuori combattimento.

"Sì, ma qua ci vuole qualcosa di estremamente al massimo, qua non c'è l'idea bang!" è entrato un momento D'Arfoglia Muacchia a dare morale, e si dà un pugno violento sul palmo della mano. "Qua bisogna tirare fuori qualcosa di grandissimo, il mito, trasportare il detersivo nel mito. Personaggi carichi di emozione, qualcuno con cui io massaia mi posso identificare: Giove, Achille, Giunone, Polifemo, Ulisse, Diana cacciatrice, Rosaura, Arlecchino."

"Pico della Mirandola" dice una voce dal fondo.

"Pico della Mirandola, certo, perché no, è un vincente. Ricordiamoci The Creative Focus: 'Io e il mio detersivo ma come dico io'. Quindi personaggi forti, col naso che sente bene il limone. Nasi famosi: Cirano, per dirne uno! Potrei fare cento altri nomi famosi per il naso."

"Esempio?"

"Adesso non me ne vengono ma sono sicuro che se ci pensate un po' ve ne vengono mille, siete voi i creativi. Dai che ne abbiamo pelate di gatte anche più grosse, buon proseguimento, io vado a smazzarmi il cliente, sai che uva."

E va a chiudere la serata al bar con Ponzi e il cane di Ponzi, dopo aver selezionato tra i due schieramenti aziendali le donne più presentabili e qualche uomo che sembri importante ma che non regga il confronto con loro tre quanto a reddito e disinvoltura.

Dopo l'uscita di D'Arfoglia Muacchia c'è una pausa di silenzio.

"Mettiamoci un punk" geme un vecchio assunto in agenzia nel 1956, anno dell'apertura della filiale italiana.

E la riunione riprende.

Domenica ore 1.15, fitness farm Ex Novo. Camera di Sterzi, nell'ala fucsia.

Sterzi è accasciato vicino al telefono. Ha appena parlato col monastero in Umbria, il Padre Strategico gli ha detto che la campagna non c'è ancora. Secondo i frati non è un problema semplice. Veglieranno nella notte a lavorare e pregare. E preghi anche lui, Sterzi, che male non gli farà. Mandatemi il fax a qualsiasi ora, me lo sono fatto mettere in camera, ha detto Sterzi. "Se il Signore vorrà" ha detto il Padre Strategico e ha riappeso.

"Speriamo che voglia," dice Sterzi a voce alta nella stanza vuota. Si inginocchia e inizia a farsi il segno della croce.

Notte tra sabato e domenica ore 1.50, fitness farm Ex Novo. Piccolo bar Nutrikon.

È calata un'oscurità più profonda di quella cittadina.

Il piccolo bar all'aperto è chiuso e spento. Il gregge dei tavolini è stato ammassato in un angolo e dorme tranquillo stringendosi alle sedie biancheggianti nel buio.

Da due forme sedute e scure arriva un dialogo a bassa voce, sono uomo e donna. Lui è della Coprue & Partners, agenzia di pubblicità. Lei della Hax Corporation, multinazionale del pulito.

"Vede, era un prodotto con uno straordinario vantaggio competitivo: l'unico aspirapolvere a essere venduto già rotto, in modo da non creare un eccesso di aspettativa nel consumatore" sta dicendo lui.

"Però" lei si stringe nel golfino.

"Ma sa dov'è stata la sua fortuna?"
"No."
"Il nome."
"E l'ha inventato lei?"
"No, io lavoro solo in amministrazione."
"E com'era questo nome?"
"GUASTO-MA!, dove in quel MA! c'è tutta la promessa di una pronta aggiustatura. Anche il claim non era male: 'aspiro alla perfezione'."
"Ottimo, davvero. 'Aspiro alla perfezione' per un aspirapolvere, rotto poi. Vuol dire che non è perfetto oggi, ma può e vuole diventarlo."
"Certo."
"Come in fondo ognuno di noi."
"Certo. Anche se tu mi sembri già abbastanza perfetta."
"..."
"Scusa ti ho dato del tu."
"..."
"Posso darti del tu?"
"Devi."

Segue bacio.

"Sei bellissima. Ho sognato tutta la vita di poterti baciare."
"Ma se ci siamo conosciuti oggi."
"Sì, ma io sapevo che ti avrei incontrato prima o poi, ero sicuro. Sei meravigliosa."
"Dai, sono emozionata. Mi fai sentire come quando ho licenziato il mio primo dipendente."
"Lavori all'ufficio personale?"
"Adesso no, ma nella mia prima azienda sì. Adesso alla Hax

sono nel marketing. Tra l'altro," la donna ride "sono una di quelle che giudica le vostre campagne."

"Accidenti, allora dobbiamo evitare l'incidente diplomatico" ride l'uomo.

Segue bacio più lungo.

Domenica ore 2.20, fitness farrn Ex Novo. Grande bar Il Verde Pianoro.

D'Arfoglia Muacchia e Ponzi sono rimasti soli con il gin tonic in una saletta riservata. Le donne carine sono andate a dormire quasi subito, per un bel pezzo sono rimasti degli inutili lecchini a fare i brillanti, poi hanno capito che l'omaggio più gradito sarebbe stato sparire.

Nella sala grande un pianista sta suonando da qualche tempo musica costituita solo dall'accordo finale, un grappoletto di note tirate in lungo il più possibile e quando il volume decade, un altro grappoletto.

"L'Est, il Sud del Mondo, problemi grossi, non possiamo far finta di niente, quelle popolazioni guardano all'Occidente" dice Ponzi.

"Mah, non lo so" dice D'Arfoglia Muacchia. "È vero che essi non hanno cibo, vestiti, medicinali a sufficienza, ma io sì. Non si può parlare quindi di vero dramma, dico dramma globale nel senso più ampio del termine."

"Certo, il mondo nel suo complesso va avanti. Nuove cose, nuove sfide, nuovi prodotti."

"A proposito Ponzi, scusami ancora la memoria, ma: questo vostro nuovo prodotto di cui domani vi presentiamo la campagna, che cos'è di preciso?"

"Ma guarda, ti parrà strano, ma noi facciamo uscire tanti di quei nuovi prodotti all'anno che adesso quale sia questo, non ho esattamente presente. Mi pare comunque una cosa che sa di bergamotto o cedro. Scusa ma non ho modo di occuparmi di tutto."

"Figurati, anch'io non è che ho tempo di star lì a sapere tutto quello che dico."

Il cane dorme con profonda concentrazione.

Domenica ore 2.20, fitness farm Ex Novo. Una camera singola occupata da due persone nell'ala lavanda.

C'è una pausa dopo un rapporto sessuale.

"Che strano però" dice la donna della Hax Corporation multinazionale del pulito.

"Eh, davvero" dice l'uomo della Coprue & Partners agenzia di pubblicità.

Silenzio.

"Ma tu, dico la vita che fai, come ti sembra?" dice lei.

"Eh" dice lui.

"A me piacerebbe volare via, cambiare. Tu lavori in un'agenzia di pubblicità e fai l'amministrativo. Non lo so, non ti è mai venuta voglia di fare il creativo?" dice lei.

"Mah, a me direttamente non tanto" dice lui.

Segue un silenzio da risposta non rispondente alle aspettative.

"Però c'è mio cognato a Camaiore che ha il bernoccolo della creatività" aggiunge lui. "Fabbrica oggetti in gomma: topigigi, penne sponsorizzate, paracadutini promozionali, portachiavi, pupazzi."

"È già qualcosa. Cioè è bello avere un lavoro con cui ti esprimi" dice lei.

"Anzi, guarda, aspetta." L'uomo si alza e fruga nella tasca della giacca. "Ti faccio vedere questo, l'ha fatto mio cognato. È un pupazzetto che mi ha regalato perché quando lo teneva a Camaiore suo figlio aveva paura, non riusciva a dormire. Invece io l'ho trovato simpatico e me lo sono tenuto come portafortuna. E me ne ha portata, visto che ho incontrato te."

"Vediamo" dice lei.

"Dov'è l'interruttore?" dice lui.

Si accende una luce vicino al letto.

"Però, che denti. È un alligatore?" dice lei.

"È uno scoiattolo," dice lui "cioè, per la precisione è un prototipo. Dovevano farne diecimila esemplari invece poi al cliente non piaceva e allora è rimasto pezzo unico. Mio cognato se l'è portato a casa e al figlio venivano gli sturbi, cominciava ad andare male a scuola e allora me lo sono preso io."

"Ma poverino, ma non è mica così brutto. È un tipo. Come si chiama?"

"Uischi."

Domenica ore 3.00, fitness farm Ex Novo. Sala riunioni La Fraschettina, 20 posti.

L'atmosfera è quella di un ospedale di guerra dove i dottori sono stati tutti uccisi e i malati si curano da soli. Pallori gemiti e scatti di nervi, la pattuglia della Coprue & Partners è spalmata su tavoli sedie e stuoie a spremere le ultime gocce di cervello.

"Sentite, è inutile andare avanti adesso. Siamo fusi. Meglio staccare e riprendere domani mattina più freschi" si dicono vicendevolmente tutti da mezz'ora, ma non si muovono dalla sala e la risacca delle idee del secolo riprende il suo ciclo.

Si spalanca la porta, entra D'Arfoglia Muacchia allegrissimo, circonfuso dai vapori di gin.

"Vi dò un input!" grida. "Il commissario Maigret! Eccone un altro famoso per il naso nel senso di fiuto!"

E se ne va, rapido come un fantasma.

"Forse è veramente tardi, domani c'è tutta la mattina e il pomeriggio fino alle sei, ci conviene fare uno stacco" dice uno.

"Ok, aggiorniamoci a domani" dicono tutti.

"Ok, domani per le sei sarà tutto perfetto, vedrete" dice Sterzi, terreo.

Domenica ore 3.15, fitness farm Ex Novo. Camera di Sterzi nell'ala fucsia.

Dall'Umbria, nessuna campagna. Sterzi è davanti alle lucine ferme del fax.

Guarda l'ora, si passa una mano sulla fronte, poi si siede al suo computer portatile e lo accende.

Nei momenti difficili Sterzi consulta l'oracolo.

Il suo computer è collegato via modem a una rete informatica mondiale che unisce un'infinità di banche dati. Università americane, europee, ufologi, circoli scacchistici turchi, maniaci sessuali intercontinentali, istituti di ricerca australiani, associazioni di registi canadesi, *l'Enciclopedia Britannica,* la Nasa, ci si può collegare con chiunque.

Sterzi consulta l'oracolo entrando in connessione con il primo interlocutore che lo ispira, chiede il documento che in quell'istante gli pare più significativo, la numismatica egiziana nei secoli, la coltivazione del porro, il futuro dell'agopuntura, apre il documento a una pagina a caso e legge la prima parola della nona riga.

Quello è l'oracolo.

La prima parola della nona riga gli fa un quadro della situazione, dipinge lo spirito del momento, gli suggerisce le mosse da prendere.

Sullo schermo lampeggia la sua richiesta di collegamento, la luce lattiginosa dello schermo gli fa risaltare le borse sotto gli occhi.

Ecco, il collegamento è stabilito. Deliberatamente calmo, Sterzi scorre la lista delle connessioni possibili.

Chi chiamo, chi chiamo, vediamo un po', ecco qui: un istituto internazionale di antropologia con sede in Italia. Mi suona bene. Una piccola sezione con parte dei documenti in italiano. Strano. Meglio, non c'è neanche da tradurre.

Sterzi pesca a occhi chiusi un documento sull'organizzazione sociale del regno baKuba (Africa equatoriale, metà Ottocento).

Ricopia il documento sulla memoria del suo computer e chiude il collegamento con la rete. Ora può lavorare con calma sul documento catturato. Decomprime i dati in fretta, è un documento breve. Pochi secondi e può aprirlo. L'oracolo informatico sta per esprimersi.

Sterzi apre il documento, naviga tra le pagine senza guardare lo schermo, a un tratto ferma il cursore. Respira a fondo. Qui c'è l'oracolo, lo sente.

Socchiude gli occhi in modo da contare le righe senza leggere le parole, le scorre piano come un giocatore di poker, alla nona riga mette a fuoco lo sguardo e legge la prima parola da sinistra.

La parola è: pirla.

Come, pirla.

"Come sarebbe," pensa sotto choc "un istituto internazionale di antropologia usa la parola pirla? E la dice a me?"

Risale di una riga e legge la frase intera:

> usavano inseguire la preda per intere
> giornate, e dopo averla raggiunta, col-
> pirla con frecce, canne appuntite e pietre.

"Ah, *colpirla*" pensa sollevato.

Ma è un sollievo falso, e Sterzi lo sa. La legge dell'oracolo è chiara.

La rete informatica collega migliaia di utenti, ci sono milioni di documenti disponibili, e tra miliardi di parole, una sola è rivolta a lui in quel momento.

La prima parola della nona riga.

Pirla.

53
Entrate nel mondo del lavoro con le mani in alto, non vi sarà fatto alcun male

È notte.

Frantumati, tritati, compostati come i rifiuti i nostri pensieri si incanalano lungo le guide di un ciclo produttivo invisibile. Penso di stare vivendo sotto anestesia, in ipnosi catodica, con infiltrazioni di antidolorifico morale. Penso di stare vivendo in un contenitore trasparente, sollevato dal suolo. Non tocco niente di reale. Lo stipendio è l'unico particolare che mi distingue dalle molecole d'aria del corridoio. Come risorsa per scaricare i nervi, mosse di karaté quando nessuno vede, o annusarsi i piedi sotto la scrivania. L'azienda è un luogo dove persone adulte subiscono continuamente traumi infantili.

54
Bellobellissimo Lemon Lemon. Una case history

Domenica ore 9.00, fitness farm Ex Novo.

È una mattina chiara e bellissima, l'aria profuma di montagna e il cielo sembra nuovo come un settimanale appena tolto dal cellophane.

Sulla grande terrazza del corpo principale della fitness farm, D'Arfoglia Muacchia presidente della Coprue & Partners agenzia di pubblicità e Ponzi amministratore delegato della Hax Corporation multinazionale del pulito, sono stesi al sole abbagliante, immersi ognuno in un cumulo di erba secca e trucioli di legno. Intorno a loro altri covoni formati da uomini abbienti. Vicino a Ponzi c'è un covone più piccolo, è il cane. Un inserviente in grembiule blu e carriola distribuisce fieno con un forcone su ventri gambe e teste.

"Ma dimmi in confidenza," dice Ponzi "pensi che i tuoi ragazzi stiano facendo un buon lavoro?"

"Assolutamente sì," dice D'Arfoglia Muacchia "ho dato un'occhiata alle campagne e ho visto cose molto carine. Tranquillo, vedrai alle sei."

"Quali sei, io alle sei sono già in volo sull'Atlantico. Parto alle cinque" dice Ponzi.

LA RIUNIONE È ANTICIPATA ALL'UNA! L'urlo corre come la sirena dell'allarme atomico lungo le camere, il terrore si sparge, le t-shirt usate come pigiama vengono strappate dai torsi, MA NON ERA ALLE SEI?, le docce calde e fredde si abbattono sulle teste che schizzano stupore e furia, infusi sconosciuti vengono trangugiati in piedi senza badare al calore e al sapore, MA CHI CAZZO AVEVA DETTO ALLE SEI?, e il gruppo della Coprue & Partners coinvolto nella preparazione della campagna si ritrova ammassato nella sala riunioni come un drappello fiaccato da giorni di trincea, MA SEMPRE NEL CULO NOI DOBBIAMO PRENDERCELO?, non del tutto preparato all'assalto finale.

Domenica ore 9.30, fitness farm Ex Novo. Sala riunioni La Fraschetta, 40 posti.

"Non c'è tempo da perdere!" dice D'Arfoglia Muacchia venuto a tenere su il morale della truppa. E comincia a raccontare un complicato episodio della sua carriera giovanile in cui non aveva tempo da perdere, e si trattava di una situazione molto più critica della presente, ma è riuscito lo stesso a fare un figurone.

L'episodio è già noto a tutti, oltre che inventato. Molti l'hanno anche usato con se stessi protagonisti per far colpo su gente di altri ambienti professionali.

Nondimeno si ascolta ogni parola di D'Arfoglia Muacchia come una trovata geniale, si ride nei punti giusti, si plaude alla bella figura. È sempre più tardi, i sorrisi sono via via più simili a smorfie, al trentacinquesimo minuto un account executive dalle mascelle doloranti dà un'occhiata all'orologio e crolla in preda alle convulsioni. Altri nove minuti, perché l'aneddoto finisca, e viene soccorso. D'Arfoglia Muacchia augura buon lavoro, si dice fiducioso e va al centro massaggi. Il lavoro riparte.

Calma calma calma, vediamo con calma, preciso, semplice, chiaro, quello che dobbiamo dire. Dai chili di documenti strategici saltano fuori pagine scompagnate che assumono una particolare importanza proprio perché sono saltate fuori in quel momento, come i tarocchi.

Ecco un test recente: dice che nelle campagne *BelloBellissimo Classic, Bosco Pirenaico* e *Eden Nasale*, le tre profumazioni già in commercio, della frase originale "*BelloBellissimo*, il detersivo liquido per pavimenti e superfici dure" i consumatori ricordano solo la parola "per".

"Teniamone conto" dice Sterzi, che è entrato da poco e ha gli occhi da fuochista, rossi nelle orbite nere. Il resto della faccia è color muro.

Ecco campagne *BelloBellissimo* attualmente in onda in paesi lontani, chissà che non possano dare uno spunto o essere riadattate. Una viene dal Brasile, paese di cui tutti sanno che fino a due o tre anni fa non produceva niente di particolare ma da qualche tempo fa delle cose creativamente molto ma molto interessanti:[1] si vede un uomo che lava il pavimento insieme a una donna. Le pulizie in due, questo sarebbe il concetto.

"Teniamone conto" dice Sterzi.

Tra l'altro questa campagna del Brasile ha avuto così successo che è stata adottata anche in altri paesi, con i dovuti cambiamenti. Ad esempio, per i paesi africani del Mediterraneo, è

1 Al momento della stesura del presente scritto, l'unico paese al mondo di cui non si dica la stessa cosa è Andorra. È auspicabile che tale lacuna venga presto colmata.

diventata: un uomo con un parente africano (che non si vede) lava una camicia insieme a una donna.

"Teniamone conto" dice Sterzi.

Ecco dal Canton Ticino una simpatica vignetta delle Ferrovie Svizzere che usano *BelloBellissimo* per le pulizie dei vagoni.

TITOLO: "Cosa aspettate voi a fare cipperimerli allo sporco e ai bacteri con *BelloBellissimo*?"

SOTTOTITOLO: "Un sforzo irrisorio per un pulito che procura il sorriso più appagato!"

Guardando in controluce la vignetta, che è su carta filigranata, si legge: "Esso è usato anche nel prestigioso convitto dell'Istituto TecnoCommerciale dei Grigioni".

ILLUSTRAZIONE: un binario, metafora del viaggio dallo sporco al pulito.

"Molto buono" dice Sterzi.

"Cos'hai che ti esce dalla bocca?" gli chiede una.

"Cosa? Ah, niente," Sterzi si tampona col fazzoletto "bile. Ma mi capita ogni tanto, è normale. Andiamo avanti."

Domenica ore 11.00, fitness farm Ex Novo. Piccolo bar Nutrikon.

L'intera delegazione Hax Corporation multinazionale del pulito e la parte di delegazione Coprue & Partners agenzia di pubblicità non coinvolta nella stesura della campagna si godono il sole che, si nota, è caldo. Così caldo che il cane di Ponzi in pieno massaggio di trucioli e fieno ha subito un principio di incendio, subito sedato.

Si sa che all'una ci sarà la presentazione della grande campagna a Ponzi e ai capi e si sa che a un'ora non ancora precisata ci sarà una riunione globale.

Per il momento, svaghi, massaggi, colazione, giretti.

Ai tavolini del piccolo bar si sono appartati i due amanti notturni.

"È carino Uischi" lei si rigira in mano lo scoiattolo-alligatore.

"È tuo" dice lui.

"Dai, se è il tuo portafortuna."

"Così porta fortuna anche a te."

L'uomo della Coprue & Partners e la donna della Hax Corporation si lanciano occhiate scrutatrici tra le frasi, cercando di non far capire che stanno redigendo un quadro della situazione alla luce del giorno.

Lui la osserva con attenzione mentre lei mangia un biscotto di farro e granuli di potassio. E una ragazza del genere giovane e sfiorito, facilmente immaginabile al mare insieme ai genitori anziani, lei rassegnata e sorridente, vecchia ad honorem, e loro che insistono: "Ma divertiti un po', non ti piace andare a ballare?"

Lei lo viviseziona mentre lui tira su col cucchiaio il pastone di miglio. È un tipo che pare stranamente senza contorni, occhi qualsiasi, ricciolini scuri del genere più comune, passabile seduto ma del tutto inelegante in piedi. Ha le narici larghe, e lei prova a immaginarsi come sarebbe vivere con uno, sapendo che tutti notano che ha le narici larghe.

"Ti va il pompelmo?" dice lui.

"Sì, è un frutto sugosissimo, fa anche bene" dice lei.

E con ciò entrambi capiscono che l'amore è estinto.

"Però tienilo Uischi" dice lui.

"In che senso 'però'?" dice lei.

Domenica ore 11.45, fitness farm Ex Novo. Camera di Sterzi, nell'ala fucsia.

Dal fax, ancora niente. I Padri Strategici tacciono.

Nella stanza vuota Sterzi prende una pastiglia rosa, fa un profondo respiro, dà un'occhiata fuori. Sullo sfondo intravede passare il suo ex collega di vent'anni fa, sempre vestito di bianco, sempre accompagnato da due inservienti della fitness farm.

"Ruggeri!" Sterzi si sorprende a gridare dalla finestra.

Ruggeri si volta, gli fa il gesto del pollice in su come dire "tutto bene" e si allontana.

Domenica ore 12.45 fitness farm Ex Novo. Grande bar Il Verde Pianoro

Atmosfera da fine dell'aperitivo, tutti si spostano verso l'interno perché si sta rannuvolando, c'era così un bel sole, peccato. Le delegazioni della Hax Corporation multinazionale del pulito e della Coprue & Partners agenzia di pubblicità fanno cerchio intorno a Ponzi e D'Arfoglia Muacchia.

È l'una, allora: ci siamo? È il momento della grande presentazione? Vi ritirate a decidere il destino di *BelloBellissimo Lemon Lemon* e di conseguenza il nostro? I due capi distribuiscono sorrisi e sicurezza. Girano vassoi con tisane d'acqua ferruginosa e stuzzichini al plancton. Si attende a momenti l'arrivo della pattuglia residua dell'agenzia con l'agognata campagna.

Per ingannare il tempo e ben disporre il cliente D'Arfoglia Muacchia dà ordine ad alcuni subordinati di intrattenere il cane di Ponzi. L'animale è reduce dallo spegnimento di se stesso, accovacciato sotto il tavolo, avvolto in una copertina di cachemire dono di un deputato al Parlamento, ha qualche pelo strinato e manda odore di pancetta affumicata. È di umore tossico, appena un account supervisor dell'agenzia si china a grattargli il coppino, emette un peto mortale, di quelli che iniettano nell'atmosfera una desolazione così palpabile che il bon ton consiglia di affrontare la cosa di petto, vista l'impossibilità fisiologica di ignorarla.

"Buon segno!" esultano gli uomini della Coprue & Partners, e si impegnano a dare una versione ottimista dell'evento.

"È l'aria di qui che lo fa spurgare."

"Evviva l'innocenza."

"Si vede che si sente tra amici, anche a me capita quando sono veramente in relax" comunica a Ponzi l'account supervisor, serio.

A parte, poi, l'account supervisor inquadra per i colleghi l'episodio in una strategia.

"Siamo un'azienda di servizi e loro il cliente. Voglio dire, se fosse stato un nostro cane a scoreggiare sarei stato il primo a stenderci una pietra sopra, ma così, capite, pubbliche relazioni anywhere anyway anyhow."

I colleghi annuiscono con la bocca piena.

"Eccoli!" grida qualcuno.

Sta arrivando finalmente la truppa della Coprue & Partners, guidata da Sterzi che ha in mano una cartelletta e sul volto grigio e giallo un'espressione di sollievo.

Domenica ore 14.00, fitness farm Ex Novo. Sala riunioni La Fraschettina, 20 posti.

È stato un grandissimo successo.

Al termine della presentazione della campagna da parte di

Sterzi, Ponzi applaude alzando le mani sopra la testa. I delegati della Hax Corporation multinazionale del pulito e della Coprue & Partners agenzia di pubblicità si abbracciano come i minatori italiani e francesi all'incontro sotto il traforo del Monte Bianco. E un trionfo, la campagna ha conquistato tutti sin dalla prima sillaba.

D'Arfoglia Muacchia è raggiante e bacia Sterzi, che è provatissimo ma sta recuperando una sua efficiente cattiveria e già elabora i primi conti: con un investimento globale da parte della Hax Corporation di nove miliardi viene fuori un bel miliardo e passa di profitto per l'agenzia.

"Scusate, facciamo un momento il riepilogo della situazione" dice un account della Coprue & Partners. "Allora: si intende approvata la campagna 'Madre e figlia' con il claim BELLOBELLISSIMO LEMON LEMON POUR FEMME, giusto?"

"Sì!" boato corale da parte della delegazione Hax Corporation.

"Ok. I mezzi di comunicazione scelti sono: spot in tv, affissioni murali, annunci sui quotidiani, annunci su settimanali e periodici che avranno anche una piastrella incollata alla pagina che si strappa e vien su il profumo di limone. Vengono inoltre approvati i seguenti oggetti promozionali: uno speciale nebulizzatore per *BelloBellissimo Lemon Lemon Eau de Toilette Au Vrai Sens Du Mot* da usare nel bagno, e un boccettino in edizione limitata di *BelloBellissimo Lemon Lemon Essence*, più concentrato, da usare goccia a goccia sulle altre superfici, soprattutto a Natale e in altre occasioni importanti. Giusto?"

"Perfetto" dice un product manager della Hax Corporation. "Adesso ce la ridite la campagna che è troppo bella?"

Acclamato a gran voce, Sterzi raccoglie il fax dei Padri Strategici (arrivato alle 12.42) e rilegge nell'entusiasmo generale.

La campagna elaborata dai frati ruota intorno alle avventure di un'accoppiata madre-figlia contro diversi tipi di sporco.

L'idea di base è mostrare continui duelli tra questa madre e questa figlia armate di *BelloBellissimo Lemon Lemon* contro nemici appartenenti a vari sessi maschili.

Da vedere la campagna propone principalmente tette, cerniere, stivali, uomini in ginocchio, piastrelle che riflettono spazzoloni secchi e tacchi, pelli conciate nel senso di cuoio e di epidermidi maltrattate, strofinacci, strofinii. E poi: un gigante in muscoli e maschera da zorro che impersona Lo Sporco di Casa, quattro bacherozzi inguainati in tute gialle che sarebbero I Batteri, due culturisti fangosi e barbuti che interpretano Le Incrostazioni. Tutti loschi figuri che le due, vestite in stile Retata ai Giardinetti, "sconfiggono così, senza nemmeno scopare" come spiega letteralmente il testo introduttivo di Padre Saggina che firma la campagna, poiché con *BelloBellissimo Lemon Lemon* basta una sola passata.

Per quanto riguarda la profumazione Lemon (se ne parla alla fine dello spot così ha più risalto) si sfrutta la collaborazione generazionale. Davanti alle spoglie dei maschi sderenati madre e figlia si dicono: e che buon profumo ci rimane addosso, dopo. E sul "dopo", strizzata d'occhio reciproca. Scritta in sovrimpressione: BELLOBELLISSIMO LEMON LEMON POUR FEMME.

Scroscia un altro applauso.

"Davvero ottimo. A Kabetogama Marvin Ronnie e gli altri saranno entusiasti" dice Ponzi.

"Diamo la buona novella anche a tutti!" si alza una voce.

"Ok, riunione plenaria, anzi, festa!"

"Fai a tempo a mangiare qualcosa prima di partire vero?" dice D'Arfoglia Muacchia a Ponzi.

"Mezz'ora per brindare ce l'ho sempre" dice Ponzi.

Si esce dalla sala in clima di eccitazione, l'aria si è rinfrescata all'improvviso. Nuvole grigie circondano metà orizzonte.

"Vuole piovere?" dice una.

"E a noi sai che ce ne frega?" dice Sterzi.

Domenica ore 14.50, fitness farm Ex Novo. Ristorante L'Erba e Il Fascio.

Le delegazioni della Coprue & Partners agenzia di pubblicità e della Hax Corporation multinazionale del pulito sono riunite al completo. La buona notizia si è sparsa in un attimo, c'è la campagna ed è una grande campagna, si banchetta si brinda e si comincia a calcolare l'ora dei rientri a casa, tra autostrada e traffico domenicale.

Dopo la Suprême di Composto Vitaminico B con Scorza d'Anguria e i Raviolini all'Insaponificabile dell'Olio d'Oliva arriva una chiamata al cellulare di un product manager della Hax Corporation.

"Scusate, è Ronnie dalla sede a Kabetogama."

Il product manager si allontana dal tavolo per sentire meglio e torna dopo un minuto con la faccia verde.

"Stanno mandando un fax firmato dal megacapo, è meglio darlo subito a Ponzi."

FAX FROM: Marvin Kueltchik (Head President Hax Corporation Inc.)
TO: Ponzi

Caro Filippo,

sai meglio di me che il manager ama il linguaggio delle cifre, per cui: 57,13.

Mi spiace, ma la vita è cambiamento. Il muro di Berlino è crollato, non è detto che debba rimanere in piedi casa tua.

Comunque, la forza della passione, la carriera della tua vita.

Marvin

Allegata, una ricerca di mercato, con data di due giorni prima.

La ricerca è stata effettuata su un campione mirato , di nove consumatori, due dei quali non hanno risposto, uno perché all'estero, l'altro perché non era attento.

Alla domanda: "Pensate che le aziende debbano intrattenere rapporti più stretti con le Grandi Istituzioni?", si è avuto un 28,57% di Direi di No, contro un 42,85% di Assolutamente Sì, che unito al 14,28% di Forse Sì/Perché No, porta l'area del Consenso Potenziale al 57,13%. (il 57,13 è contornato da un cerchio fatto a pennarello).

Il top management della Hax Corporation ritiene che questo atteggiamento favorevole dei consumatori al contatto con le Grandi Istituzioni sia destinato a durare nel tempo, considerata anche l'età media delle persone interrogate, sei anni.

Si decide quindi di orientare strategicamente il lancio di nuovi prodotti verso grandi utenti come enti pubblici, ministeri, governi.

In particolare, il lancio internazionale di *BelloBellissimo Lemon Lemon* viene pienamente confermato. L'unica modifica consiste nel fatto che il prodotto non verrà più confezionato in pezzature da litri 1,5 destinate al consumo del grande pubblico di tutto il mondo, ma in un'unica cisterna da 280.000 ettolitri che verrà trainata con uno speciale cingolato lungo un chilometro fino al luogo di stoccaggio indicato dal cliente, che sarà unico anche lui, naturalmente.

Sono al momento interessati all'acquisto il Pentagono, che avrebbe le pulizie assicurate per tutti i pavimenti fino al 2050, e la famiglia Zurmach (Lucerna, Svizzera) che colleziona oggetti strani ed è interessata a come sarà il tappo.

Ovvia conseguenza: avendo una sola confezione da vendere in tutto il pianeta, non è più necessaria alcuna forma di pubblicità né di comunicazione promozionale, visto che basta una telefonata giusta.

Semmai, come operazione di immagine per l'azienda, l'ufficio relazioni pubbliche suggerisce di fare un regalino promozionale a questo SuperCliente quando gli si consegnerà la cisterna, giusto per non mollargli lì 280.000 ettolitri di detersivo su un cingolato, dargli la bolla da firmare e andar via come un fattorino qualsiasi.

In sintesi, si ordina quindi alla Hax Corporation Italiana:

– di smettere di pensare a una campagna pubblicitaria che tanto non si farà;

– di piantarla di discutere di packaging (c'è la cisterna), di come evidenziare il prodotto sugli scaffali dei supermercati (la confezione è più alta di qualunque supermercato), di posizionamento (l'unico possibile è: "la cisterna da 280.000 ettolitri che soddisfa il tuo bisogno di pulito") e di profilo dei potenziali consumatori (abbiamo detto: o un governo o un pazzo);

– e soprattutto di trovare il regalino promozionale per il SuperCliente.

Domenica ore 19.00, fitness farm Ex Novo. Sentierino Entropia.

Le nuvole sono scure, c'è pochissima luce, a folate violente arriva un odore freddo di terra e muschio. Sterzi sta vagando nel vento, fa dei gesti, parla da solo. Una figura vestita di bianco lo avvicina.

"Sterzi!"

"Un miliardo di profitto."

"Sterzi, sono io, ciao."

"Un miliardo di profitto perso in un minuto."

"Cosa fai Sterzi, parli da solo?"

Sterzi si volta, guarda l'uomo in bianco, il suo ex collega di vent'anni prima.

"Ruggeri."

"Ciao Sterzi come stai, sei verde in faccia."

"Ih, Ruggeri."

"Non stai bene?"

"Ruggeri, abbiamo perso tutto in un minuto. Mesi di lavoro buttati nel cesso. Siamo tagliati fuori, non lanciano più il prodotto, non fanno più la campagna, non fanno più niente. Anzi no, una cosa la fanno!" Sterzi ha un singulto di riso "Ih cazzo, Ruggeri non ci credi se te lo dico: faranno una promozione per un cliente solo, fatta con un regalo solo. E sai cosa gli regaleranno? Un pupazzetto di gomma. Ih! Un pupazzetto che oggi aveva lì sul tavolo una loro impiegata. Ponzi l'ha visto e l'ha preso, così alla cazzo, e ha detto: questo va benissimo! Ih!"

Sterzi si appoggia all'amico per non cadere.

"Un pupazzetto bruttissimo, ih" Sterzi si torce strangolato dalle risate. "Una specie di lupo mannaro! Che non gli costa neanche un cazzo perché l'ha preso a una sua impiegata, ih! Noi, mesi di lavoro: e lui porta in America il pupazzetto della sua impiegata! Ih! E sai come si chiama il lupo mannaro? Uischi! Un nome più del cazzo era impossibile trovarglielo! Uischi! Ih!"

Ruggeri lo guarda serio. Le ali bianche della giacca sbattono al vento.

"Sterzi, tu non stai bene."

Sterzi smette di ridere, lo guarda fisso e le labbra prendono a tremare.

"Ruggeri, cazzo Ruggeri, hai ragione. Non sono esseri umani, hai ragione tu, dobbiamo fare, dire, reagire, qualcosa, scappare."

"Scusa non ho capito."

"Gli extraterrestri!" Sterzi si aggrappa al braccio di Ruggeri che lo stringe con partecipazione. "Quello che dicevi ieri."

"Ah sì, ma guarda Sterzi che ieri ero abbastanza suonato, stavo finendo la cura e gli ultimi giorni sono i più tosti, si dicono un sacco di pirlate. Ma adesso son guarito, domani esco. Piuttosto tu dovresti riprenderti un po'."

"Ruggeri."

"Riposare qualche giorno, non di più."

"Ruggeri, no, ti prego."

Si avvicinano le due inservienti col camice blu che sventola.

"Ciao Stella," dice Ruggeri "dove possiamo andare a metterci un momento calmi? C'è questo mio amico che è tanto affaticato."

"Che cos'ha?"

"Niente, ha solo bisogno di riposare."

Si sente un cigolio lento e poi un risucchio: Sterzi si è messo a piangere. Siccome non è abituato, emette rumori incongrui.

"No no, signor manager" dice un'inserviente prendendolo sottobraccio.

"Vedrai," dice Ruggeri "in una settimana torni un leone."

Sterzi produce suoni di seghetto.

"Su su, adesso andiamo dal dottor Fricht che è tanto bravo" l'altra inserviente comincia a tirargli il braccio.

"Ma non s'era preso una pietrata in testa?" biascica Sterzi tra le lacrime.

"Quello ha sette vite" ride lei. "Venga che la visita subito."

Sterzi singhiozza e miagola, si lascia trascinare via, appeso un po' alle ragazze e un po' a Ruggeri. Come nelle immagini di guerra dove c'è un ferito da mettere al riparo, il gruppetto si incammina curvo contro il vento che ormai sa definitivamente di pioggia.

Domenica ore 23.30, fitness farm Ex Novo. Cancello d'entrata.

Un fulmine a serpentina straccia il cielo nero, si torna sotto il diluvio, speriamo bene sulle strade! C'è stato un pomeriggio agitato. Prima sembrava che tutto fosse a posto, campagna approvata e brindisi, poi c'è stato quel fax dall'America, si sono visti i capi delle due aziende alzarsi con delle facce non troppo allegre e riunirsi da soli per un bel po'.

Poi sul tardi, nuova riunione plenaria e cena piuttosto tesa, in cui si è capito solo che per adesso è bloccato tutto e che Ponzi è partito per l'America sul volo della sera, non con la campagna ma con un pupazzetto (ma cos'era? un dinosauro, ha detto uno che l'ha visto bene), che D'Arfoglia Muacchia ha detto di stare tranquilli perché lui è tranquillo, che Sterzi non è stato tanto bene e si ferma alla fitness farm qualche giorno a riprendersi, al limite è una fortuna sentirsi male qui, con tutte le cure a portata di mano.

Un altro fulmine, adesso piove fortissimo.

Si esce tutti dal grande ristorante, comunque non si è mangiato affatto male, si corre ridendo e imprecando verso le macchine, con i primi motori che sgasano e le gocce di pioggia sorprese una a una dai fari bianchi, le auto si mettono in movimento, si sfiorano coi musi, manovrano una ruota su e tre giù, scendono dal gradino, evitano la pozza, ruotano nel fango lucide come coccodrilli, c'è molta confusione, al lavoro ci si penserà domani che è lunedì, con calma, in ufficio, nelle ore giuste, adesso cosa vuoi star lì, bisogna anche staccare delle volte con i pensieri. Adesso c'è l'acqua, il freddo, il buio, è tardi.

È notte.

Postfazione

L'uomo di marketing e *la variante limone* è stato scritto tra il 1994 e il 1995, ventotto anni prima di queste righe. È difficile valutare un testo vecchio con criteri moderni (per stare sullo stesso livello, *Guerra e Pace: violenza, sessismo nei dialoghi, rappresentazioni di tabacco,* 13+), però posso riportare qualche impressione del presente.

Certo, è cambiato tutto, questo si capisce anche da fuori. Un anno dopo la pubblicazione di questo libro ho lasciato l'agenzia di pubblicità dove facevo il copywriter e mi sono messo a scrivere sketch per Mai dire gol. Non so bene come si siano evolute le cose nelle agenzie, non le ho più frequentate.

Sapete cosa diceva George Cukor, uno dei grandi di Hollywood? "Non scimmiottare i tempi che corrono quando ti accorgi di non farne più parte."

Non esiste più la metà delle cose che costituivano l'aria del tempo di cui si è nutrito questo libro. Il lavoro come entità solida, le agenzie pubblicitarie imponenti come ministeri, la soggezione per i marchi, Novantesimo minuto, come momento sacro e tante altre cose.

Del resto allora non esisteva quasi niente di ciò che costituisce l'aria del tempo di oggi. Non c'era il web, né l'illusione dei consumatori di interagire con qualcosa di simpatico dall'altra parte della barriera promozionale, e neanche la polverizzazione di tutto. Non c'era nemmeno la strana lingua delle domande di Quora (*"Esistono fatti estremamente spaventosi?" "Quale individuo fu un completo deficiente?"*).

È sparita anche qualche differenza: quella tra ore di lavoro e ore di vita privata, per esempio. Soprattutto per chi opera nella comunicazione, costretto a rimestare di continuo nel pentolone dei social, zuppa che ribolle e va tenuta d'occhio giorno e notte.

Si è anche ridotta la distanza tra la comunicazione commerciale e *qualsiasi* altro tipo di lavoro. Le più diverse attività includono, prevedono, obbligano a una certa quantità di promozione se non di autopromozione.

Lavoravo per una grande sigla internazionale, grande significa più di trecento assunti a tempo indeterminato, palazzi in centro a Milano e Roma, piani e piani di uffici, corridoi, vetrate, alluminio, tante sale riunioni di varie metrature. Costi oggi impensabili anche solo per la moquette, figuriamoci per tutto il resto. Il lavoro dipendente era un dato acquisito, la condizione normale in cui vivono gli adulti, una cosa da prendere per il culo senza sensi di colpa perché disporre di un contratto vero era un fatto diffuso e tutto sommato accessibile.

Orari più o meno fissi, quattordici stipendi all'anno, le ferie pagate, le assicurazioni in caso di malattia, una dotazione allora considerata derivato naturale, come la gemma dal pino, di ogni attività retribuita.

Le grandi agenzie erano un impasto di avanguardia creativa, standing istituzionale anglosassone e resti di una certa monumentalità fantozziana. C'erano persone geniali, generose e cariche di energia che vivevano differenti gradi di realizzazione, dalla felice pienezza di sé all'ulcera. Io sono entrato alla fine degli anni ottanta, già al tramonto dell'età dell'oro. I vecchi del mestiere rimpiangevano il passato: soldi facili, note spese da sceicco, dieci persone in trasferta, una settimana a Londra per girare un codino da cinque secondi per un gelato. Bisognava fare la tara ai racconti, forse le persone erano solo nove e la settimana non era completa, ma insomma quello era l'ordine di grandeur.

Tra i dipendenti esistevano, e non erano pochi, i fedelissimi. Omaggiati e applauditi a ogni brindisi di Natale. Venticinque, trenta, quarant'anni tutti passati a lavorare nello stesso posto.

Si è allungata la vita biologica e si è accorciata quella produttiva. Oggi, anni venti del ventunesimo secolo, all'ingresso nel mondo della comunicazione ti aspetta un frammentato peregrinare nel precariato e nei contratti a termine, poi sei assunto in pianta stabile intorno ai trent'anni, se va bene, e verso i quarantacinque cominciano a farti capire che c'è gente più giovane e che costa meno pronta a sedersi alla tua scrivania, quindi ricominci un precariato al contrario, costellato di collaborazioni momentanee con le più svariate società.

In compenso grazie ai progressi della scienza si vive più a

lungo e si ha più tempo per non superare il trauma di essere stato estromesso dal giro, diventare oggetto di inchieste sul welfare e sprofondare nella miseria.

"Educhiamo i ragazzi a quello che per noi è un comportamento onesto retto e buono. Il problema è che la società non funziona secondo regole oneste rette e buone. Quindi alleviamo disadattati." Questo l'ho sentito a una conferenza sulle dinamiche del lavoro.

D'altra parte esistevano modalità funzionamento aziendale che, oltre ogni tempo, penso siano attive ancora oggi:

chi è fuori dall'ingranaggio cerca disperatamente di entrare e chi è dentro cerca in tutti modi di liberarsene;

se parliamo di messaggi pubblicitari, non si è smesso di lavorare sulle variazioni dell'eterno concetto: "distinguetevi dalla massa, dico a voi, a voi, a voi e anche a tutti gli altri là in fondo" (concetto a cui si è aggiunta l'inclusività: "ah già, e anche a voi");

in ogni azienda, da qualche parte, c'è una stanza in cui l'atmosfera di sottomissione è più forte di ogni deumidificatore. Un ufficio dove le opinioni dei capi suonano come verità su cui si fonda il mondo ma che fuori da quei metri quadri non reggono più, come i virus forti all'interno del corpo che non sopravvivono a dieci minuti di aria e sole.

In questo libro non ci sono personaggi, l'ho notato da poco. È un racconto fatto di voci, nomi senza volto, pensieri nell'aria, immagini galleggianti e soprattutto grandi aziende che si parlano in una lingua loro. Organismi complessi come grandi vegetali, privi di un cervello ma con diramazioni periferiche capaci di emettere e assorbire segnali, informazioni, dati che in qualche punto della catena serviranno a qualcosa.

Ogni tanto appare di scorcio qualche figura che fa sorgere la classica domanda: e questo che fine avrà fatto? Un capo come D'Arfoglia Muacchia, per esempio. Proviamo a immaginare.

Sempre baciato dalla fortuna, D'Arfoglia sfugge alle epurazioni di dirigenti causate dalla crisi dei primi novanta, esce indenne da qualche slalom clamoroso (inverte i fogli preparati per lui dai suoi writers in due riunioni consecutive, una alle quattro con dirigenti della Disney e una alle sei con un gruppo di cardinali, per cui dice "se tornasse qui il vostro fondatore e vedesse le cose che fate in suo nome avrebbe parecchio da ridire" convinto di parlare di Walt Disney e "dovete ritrovare la fantasia di chi ha creato il vostro universo immaginario, personaggi favolosi che hanno incantato miliardi di persone, illusioni che ancora oggi ci fanno andare avanti con un sorriso nel cuore" credendo di parlare di Gesù – viene preso in entrambi i casi per un arguto provocatore e se ne va tra gli applausi), poi coglie una palla al balzo, molla la pubblicità e entra in politica tramite amici che gli garantiscono un seggio sicuro, orientamento centrista. Deputato per un paio di legislature dal 1996, forse anche sottosegretario a qualcosa, coinvolto marginalmente in qualche grosso scandalo nei primi duemila, posizione stralciata e prosciolto senza conseguenze, quindi eurodeputato del PPE, consulente per il digitale, tecnologia di cui apprende l'esistenza il giorno della nomina, qualche anno avanti e indietro con Strasburgo, le cene in inglese, le commissioni con facce di etnie diverse intorno alle stesse carte, poi lascia il seggio e saluta tutti, una moglie definitiva per sistemare i cocci sparsi dalle precedenti, dolore e noia lasciati in gestione a altri rami della famiglia, si divide tra città, casa al mare e l'ospizio on line di Facebook, foto di vacanze, spiagge, bei tramonti con un bicchiere in primo piano, frasi di saggezza e sobrietà, tutto passa, tutto va, scambi di righe con vecchi colleghi in occasione di compleanni, decessi, festività, post che si cristallizzano uno sotto l'altro a ricordare il loro passato come se fosse stato tutto bello.

Cosa che in fin dei conti è vera.

MISTO
Carta | A sostegno della gestione forestale responsabile
FSC® C023419
FSC
www.fsc.org

Finito di stampare nel mese di febbraio 2023
da L.E.G.O. Stabilimento di Lavis (TN)

Printed in Italy